Breizh of the Dead

Breizh of The Dead

Julien Morgan

© 2019 Julien Morgan
Tous droits réservés.

http://julienmorgan.site

Éditeur : BoD-Books on Demand
12-14 Rond-point des Champs-Élysées, 75008 Paris
Impression : Books on Demand, Norderstedt, Allemagne

Illustration de couverture : Giuseppina D'Anna
Maquette et composition intérieure : L.K.
2ème édition.

ISBN : 978-2-3221-8768-3
Dépôt légal : Novembre 2019

"Ne pas être mort n'est pas être vivant."

E. E. Cummings

Autoroute pour l'Enfer

Novembre 2013, le "Mois Noir"

C'était il y a un an. Il pleuvait.

Nous étions partis de Paris dans ma voiture. Je tentais d'écouter un Roxy Music propulsé par des haut-parleurs engagés dans un combat perdu d'avance contre la pluie qui martelait le capot et le rugissement du moteur fatigué. Florent, recroquevillé comme une bête apeurée dans le siège passager, me gratifiait d'un soliloque ininterrompu depuis que nous avions quitté le périph.

Au moment de franchir la barrière de péage de Saint-Arnoult et de nous engager sur l'autoroute, excédé, je lui ai intimé le silence :

— Flo, arrête, tu es ridicule.

Il m'a fixé de ses grands yeux bleus en répliquant :

— C'est *important* pour moi.

— Pour moi aussi... Je te rappelle que, contrairement à toi, je n'ai plus de famille. Mais t'angoisser ne changera rien à la manière dont ça va se passer. Et puis, entre nous, ce n'est pas comme s'ils allaient avoir le choc de leur vie.

Mon petit ami a ouvert la bouche, stupéfait.

— Ils ne savent pas que...

— Flo, l'ai-je interrompu en soupirant, ce sont tes parents. Crois-moi, même s'ils n'en ont pas la certitude, ils s'en doutent *forcément* un peu.

— Et pourquoi, s'il-te-plaît ?

En guise de réponse, je l'ai ostensiblement reluqué : il portait un tee-shirt moulant, un slim déchiré aux genoux et plusieurs bracelets en plastique datant de sa dernière soirée *clubbing* à l'Oiseau Bariolé. À intervalles réguliers, il secouait la tête pour repousser la mèche blonde zébrée de mauve fluo qui lui barrait le front.

Saisissant le message que j'essayais de lui faire passer, Flo m'a décoché un regard noir.

— Il n'y a écrit nulle part sur mes fringues que je suce des bites, s'est-il défendu.

— *Des* bites ? J'espère pour toi que tu n'en suces pas d'autres que la mienne, sinon tu vas avoir un problème plus sérieux que tes parents sur les bras.

Florent est parti d'un rire nerveux.

— Crétin, a-t-il lâché.

Je suis redevenu sérieux.

— Détends-toi, d'accord ? Il leur faudra peut-être un peu de temps pour digérer la nouvelle, mais ils n'arrêteront pas d'être tes parents parce que tu préfères les mecs au filles. Ou Rihanna à Motörhead...

Il a grimacé d'un air méprisant.

— Sérieusement, qui peut bien aimer Motörhead ?

— Qui peut bien aimer Rihanna ? ai-je contré en montant le volume de l'autoradio.

Mon effet est tombé à plat : la musique avait été remplacée par un flash d'informations criblé de parasites. Saisissant cette opportunité, Flo s'est empressé d'insérer le CD d'un groupe électro à la mode, une infamie au moins aussi inaudible que les crépitements statiques auxquels elle faisait suite – s'il y a bien quelque chose qu'on puisse accorder aux zombies, c'est d'avoir mis définitivement un terme à la pénible descente aux enfers de la musique pop.

Nous étions tous les deux étudiants en médecine. Moi en troisième cycle, lui en premier. Notre différence d'âge peut sembler anodine, mais un monde nous séparait. À dix-neuf ans, Florent Quilleré est aussi naïf qu'exaspérant. Un test PAE le classerait dans la catégorie des « enfants spontanés », ces personnes fondamentalement incapables de se plier aux contraintes et fonctionnant suivant le mode de vie le plus susceptible de leur octroyer un plaisir immédiat. On ne peut pas lui en vouloir pour quoi que ce soit, pour la même raison qu'on pardonne à un enfant de se comporter comme un enfant.

Dodelinant de la tête sur la ligne de basse entêtante, Florent me faisait comprendre dans son langage qu'il n'avait pas l'intention de prolonger cette conversation. Il s'est muré dans le silence pour le reste du trajet.

Quand nous avons quitté l'autoroute quelques heures plus tard, un embouteillage monstrueux forçait le trafic presque à l'arrêt. Nous n'en avons compris la raison qu'au moment où un militaire nous a intimé l'ordre de bifurquer en direction de l'aire de repos située juste après le péage ; tous les véhicules avaient droit au même traitement. Le soldat s'est approché, trottant sous la pluie diluvienne. J'ai baissé ma vitre et il nous a salués d'un bref signe de tête.

— Messieurs, votre destination s'il vous plaît ?

— Paimpol, ai-je répondu. Que se passe-t-il ?

— Par la RN 12 ?

— Oui. Un problème ?

— Autant vous prévenir, la voie express est coupée à la hauteur de Guingamp.

Il ne devait pas être de la région, auquel cas il aurait su que la sortie pour Paimpol se situait avant celle de Guingamp. Je ne me suis pas donné la peine de le lui faire remarquer et l'ai remercié poliment après l'avoir assuré que nous resterions loin de cette zone. Je braquais pour repartir quand Florent a interpellé le militaire :

— S'il vous plaît, on peut savoir ce qu'il se passe ? Il y a eu un accident ?

— Désolé, je ne suis pas habilité à...

— Mes grands-parents vivent à Lannion, a supplié Florent d'une petite voix.

Le type a poussé un soupir agacé, penché son visage dégoulinant par la vitre baissée et confié à voix basse :

— Un train qui transportait une cargaison dangereuse a déraillé entre Louargat et Plestin. Nos gars ont sécurisé la zone et la situation est sous contrôle, donc vous n'avez aucune raison de vous inquiéter, d'accord ?

— Il y a eu des morts ? a insisté Florent.

On s'en fiche, ai-je râlé intérieurement.

— Même si je disposais de ce genre d'information, je ne serais pas censé vous les communiquer. Navré, jeune homme. Je vais vous demander de bien vouloir reprendre votre route, maintenant. Soyez prudents.

— Attendez, est-ce que…

— Merci, ai-je coupé court en passant la première.

Il s'est écarté et nous avons repris notre route. Toutes ses préoccupations du moment évanouies, mon petit ami arborait un air confus. Comme je me réinsérais sur la voie express, Flo a tenté d'en savoir plus en allumant la radio. Il a passé plusieurs fréquences en revue avant de dénicher une station locale.

« ... premiers rapports dont nous disposons, le train de transport de marchandises a déraillé en heurtant un troupeau de vaches qui traversait la voie. Ses wagons se sont ensuite couchés. La présence de l'armée de terre sur les lieux de l'accident interroge, dans la mesure où ni la SNCF, ni le BEA, arrivé sur place il y a quelques heures, n'ont pour l'instant souhaité communiquer quant à la nature exacte de la cargaison. Certaines sources laissent entendre qu'il pourrait s'agir de pesticides ou d'un autre type de produits chimiques. Néanmoins, la préfecture n'a pas déclenché le plan ORSEC, ce qui semble indiquer que l'impact sur la population et l'environnement est limité ou tout au moins circonscrit en l'état actuel de la situation. Nous rappelons que cet accident, survenu à la hauteur de la commune de Plouaret, n'a officiellement fait aucune victime en dehors du conducteur du train. »

Mon mec s'est tourné vers moi en baissant le volume, un air soupçonneux sur le visage.

— Tu ne trouves pas ça bizarre ?

— Bizarre ? Un train déraille et la SNCF chie dans la colle ? C'est l'inverse qui m'aurait paru bizarre, si tu veux tout savoir.

— Au point d'appeler l'armée ? Hum. C'est quand même *vraiment* bizarre.

— Okay. La SNCF a *vraiment* chié dans la colle.

Flo s'est renfrogné, boudeur.

Pour le consoler, j'ai éteint la radio et changé le CD dans le lecteur. Un piano jazzy a dansé dans l'habitacle et la voix suave de Willy DeVille a eu tôt fait de rallumer son sourire : c'était un morceau qui accompagnait souvent nos préliminaires. Il s'est tortillé de façon suggestive.

— C'est l'uniforme qui t'a donné des idées ?

— Peut-être bien.

Une demi-heure plus tard, piqués par la curiosité, nous avons rallumé la radio, mais peut-être à cause de l'orage, peut-être parce que nous étions hors de portée de l'émetteur (peut-être parce que nous n'avions décidément pas de chance), l'un des premiers bulletins annonçant l'épidémie de morts-vivants s'est retrouvé noyé dans un crachotement statique. Tout ce que nous avons pu glaner, c'est que le bilan du déraillement s'était alourdi de façon aussi drastique que suspecte.

— Connaissant le coin, a ricané Florent, on causera de ça pendant des années...

À la nuit tombante, un panneau fouetté par une pluie drue a annoncé : « Bienvenue en Bretagne ».

LA NUIT

"Avant l'apparition des morts-vivants, l'Homme ne connaissait plus de milieu naturel hostile. Au lieu de satisfaire des besoins vitaux, il mobilisait son intelligence pour se conformer aux règles de conduite de la civilisation. Le fait est que, d'un point de vue purement physiologique, ces règles édictées par le cortex sont en conflit avec le diencéphale, notre cerveau primitif – cette partie de nous qui dicte nos impératifs ataviques, tels que tuer pour se nourrir. Avant que l'épidémie se déclare, notre civilisation s'était déjà condamnée elle-même par sa sophistication arrogante.

Quand les morts reviennent à la vie, on ne peut s'empêcher de se dire que le naturel est revenu au galop juste à temps pour empêcher notre autodestruction, réparer une humanité courant irrémédiablement à sa perte."

Pr. Joseph Heuvelmans
(Journal personnel, entrée du 16 janvier 2014)

CHAPITRE 1

Octobre 2014

Je n'ai jamais aimé la Bretagne.

Florent fait quant à lui partie de ces indépendantistes forcenés qui, dans un passé pas si lointain, voulaient ériger une ligne Maginot aux marches de l'Ille-et-Vilaine pour empêcher le reste de la France d'entrer, ou peut-être les Bretons de sortir – à vrai dire, depuis l'invasion, ça n'a plus franchement d'importance. Chose étrange, en dépit de l'amoncellement exponentiel de cadavres en putréfaction dans le coin, sans parler de ceux qui se relèvent, l'amour de Florent pour sa terre natale ne l'a jamais quitté. Et moi, bien sûr, j'aime Florent.

Mais je *déteste* cette putain de région.

Évidemment, les zombies jouent pour beaucoup dans ce sentiment ; n'ayant jamais mis les pieds dans le coin avant l'apocalypse, je n'exclus pas la possibilité que la Bretagne ait été un endroit sympa quand les gens ne s'entretuaient pas encore pour une boîte de raviolis ou un groupe électrogène. Le fait est qu'aujourd'hui, c'est ni plus ni moins un *no man's land* où errent des vivants, des morts, des péquenauds, des morts-vivants, et sans doute quelques péquenauds morts-vivants.

Comme partout en France, pour ce que j'en sais.

Mais voilà, de tous les endroits où nous aurions pu nous retrouver quand l'épidémie a éclaté, il a fallu que ce soit *ici*, chez les bouseux.

— Arrête avec ce mot, me réprimande Florent.

Je devais être en train de râler à voix haute. À quelques mètres du groupe électrogène installé sur le toit-terrasse du supermarché, debout sous notre douche de fortune (un jet d'arrosage relié à la citerne dans laquelle était autrefois entreposé le fioul, vomissant un liquide jaunâtre aux relents d'hydrocarbures), mon petit ami me couve d'un regard réprobateur.

Le mien glisse sur son corps nu et son torse sculpté par l'entraînement physique que nous nous imposons.

Goguenard, je réplique :

— Et toi, arrête de prendre cet air sérieux quand tu as la queue à l'air.

Florent m'adresse un sourire diabolique et se savonne en insistant exprès sur certaines parties de son anatomie. Voyant que ça ne prend pas, mon mec prend un air rêveur en questionnant :

— D'après toi, il se passerait quoi si un zombie se faisait mordre par un vampire ?

— Les vampires n'existent pas.

— Jusqu'à il y a un an, les zombies n'existaient pas non plus, rétorque-t-il.

— D'abord, pourquoi un vampire voudrait mordre un zombie ?

Il hausse les épaules.

— Pour le transformer en vampire ?

J'objecte :

— Un zombie est *déjà* mort.

— Hum, Exactement. Du coup, est-ce que le vampire se transformerait en zombie, ou le zombie en vampire ?

— Non, non, n'essaie pas de me la jouer à l'envers. Ils n'ont aucune raison de s'entre-dévorer, puisqu'ils sont morts *tous les deux*.

— Tu te défiles, mon cœur, observe-t-il.

— C'est juste que ton énigme n'a aucun foutu sens.

— Tu vois ? Tu fais toujours ça quand tu te défiles.

— Ça quoi ?

— Tu jures.

— Hé, je ne jure pas *uniquement* quand je me défile, me défends-je avec véhémence.

— Donc tu admets que tu te défiles…

— Va te faire foutre, mon chéri.

Son regard dérive vers un point au loin.

— Tout à l'heure, peut-être. En attendant, tu devrais plutôt te concentrer sur ce qu'il se passe en bas, conclut-il avant de fermer le robinet. On a de la compagnie.

Je reporte mon attention sur le parking. Les derniers rayons du couchant embrasent les carcasses de voitures d'une lumière mordorée. Le « M » stylisé du McDonald's, décoloré et piqué par l'oxyde de fer, se balance comme un gros pendule au sommet de son mât. Au milieu du panorama de rouille et d'asphalte, le mort-vivant en jean et cardigan blanc maculé de bile ne passe pas exactement inaperçu. Ses yeux vides sont perdus dans le vague. Des taches de sang souillent son jean et ses mocassins.

    D'emblée, le marcheur solitaire m'intrigue. D'abord, les morts-vivants se déplacent rarement seuls ; la contamination de proche en proche tend à leur faire adopter le comportement grégaire, moutonnier, dicté par leur cerveau reptilien. Ensuite, les zombies solitaires sont des cibles faciles : n'importe quel abruti armé d'un couteau de cuisine aurait déjà dû tailler ce légume putride en pièces depuis longtemps, moins pour se défendre que pour tuer son ennui. Mais parce qu'il est neuf heures du soir ou parce que je dois composer avec une érection naissante à la vue de mon petit ami nu muni de son Beuchat Espadon, un fusil harpon en aluminium aussi léger que redoutable d'efficacité, je décide que c'est sans importance.

    Laconiquement, je pose le pied droit dans l'étrier de mon arbalète et tends la corde, prêt à en découdre avec notre nouveau copain.

    Une arme de jet médiévale a certes l'avantage d'être aussi discrète (rameuter tous les marcheurs du coin en même temps n'est jamais souhaitable) qu'économe en munitions, mais je dois vous avouer que j'ai toujours eu un faible pour les antiquités. Côté pétoire, je porte sur moi un semi-automatique fabriqué par Manufrance et nommé « Le Français », reliquat d'une ère révolue. La vitrine du musée dans lequel je l'ai déniché comportait, à ma grande joie, un manuel datant des années 1930 expliquant en détail son fonctionnement, depuis la manière de le charger jusqu'aux spécificités d'entretien. Son côté *vintage*, avec son canon basculant – comme avec un fusil, on amorce la première balle manuellement – m'a aussitôt séduit.

Traitez-moi de hipster si ça vous chante. Florent non plus ne comprend pas ma fascination pour les armes anciennes ; personnellement, je n'ai jamais compris ses goûts musicaux, donc je suppose que ça nous met sur un pied d'égalité. J'ai hérité cette passion de mon père, un horloger mordu de mécanique, mais de mécanique *noble*, comme il aimait à le préciser : lui parler de voitures et de moteurs aurait été aussi insultant que demander à Monet de repeindre une cuisine. Mon paternel collectionnait les armes et m'avait refilé le virus dès ma plus tendre enfance, en démontant devant moi un pistolet à air comprimé pour m'en expliquer le fonctionnement.

Une fois, quand j'étais au collège, ma prof d'histoire-géo a convoqué mes parents. Elle avait diffusé en cours un documentaire sur la Deuxième Guerre mondiale et découvert à cette occasion le réflexe que j'avais acquis consistant à nommer les marque, modèle et calibre des armes que je parvenais à reconnaître – ce qui soulevait semble-t-il quelques questions sur mon éducation.

Avant l'apocalypse, ce comportement était effrayant chez un gamin de douze ans.

Mais ça, c'était avant.

— Je lance à dix, annonce Florent en s'asseyant à mes côtés.

Je me moque de lui en ricanant :

— *Dix* ? Tu as peur que le soleil t'éblouisse ou quoi ?

— Okay. Vingt.

— Vingt-cinq, surenchéris-je.

Florent visse une flèche en acier de huit millimètres à l'extrémité de son harpon en souriant d'un air espiègle.

— Tu l'as toujours en travers de la gorge, pas vrai ? me taquine-t-il. Le costard cravate avec sa gamine, le mois dernier. Le sarkozyste…

— Je l'aurais touché si la gamine ne s'était pas mise en travers de mon chemin. Tu n'as pas gagné ces vingt-cinq pogs, tu me les as volés.

Il me considère avec amusement pendant un court moment avant d'abdiquer :

— Vingt-cinq, vendu.

Je ne sais plus quand nous avons commencé à jouer, mais nous avons peaufiné les règles de *Zombie Hunt* jusqu'à l'élever au rang d'art. La mise initiale est relancée si aucun de nous n'atteint le mort-vivant ; si nous le touchons tous les deux, celui qui réalise un *headshot* empoche le pactole. La différence entre les dommages occasionnés par mon arbalète et son fusil harpon – une simple question d'énergie cinétique – permet d'attribuer les dégâts sans ambiguïté possible.

Bien entendu, nous ne parions pas d'argent. Il y a belle lurette que l'euro n'a plus cours en Armorique zombie. Nous lui substituons des pogs, ces galettes de carton ou de plastique en vogue dans les cours de récréation à la fin des années quatre-vingt-dix. Il y a trois mois, nous avons mis la main sur une collection complète de ce jeu. En parcourant un manuel spécialisé glissé dans l'une des pochettes, Florent et moi avons découvert que les pogs avaient connu une seconde vie en Afghanistan et en Irak, où l'OTAN en avait fait une monnaie temporaire à destination des militaires. L'idée nous a amusés au point que nous avons adopté le principe.

Galvanisé par la perspective réjouissante de me refaire, je bloque la noix de l'arbalète, j'aligne un premier carreau et épouse délicatement la queue de détente avec ma paume. De concert, nous mettons le zombie en joue. Au même moment, le marcheur lève la tête et nous voit. Ses yeux s'arrondissent.

— *Feu !* décrète mon petit ami.

La corde de mon arbalète se détend en claquant, l'air comprimé du fusil harpon s'échappe dans un chuintement aigu et nos projectiles fusent. Florent atteint le mort-vivant au bas ventre, moi à la cuisse. À en juger par le flot de sang épais qui jaillit de son membre, j'ai touché la fémorale. Je me maudis de ne pas avoir insisté quelques semaines plus tôt quand il a été question d'instaurer un bonus pour les artères et le cœur…

Je surprends une lueur de doute dans le regard de Florent : le jeu va se jouer au *headshot*, et il a beau être le meilleur tireur de nous deux, il est aussi le plus mauvais perdant. Sans fausse modestie, je me suis pas mal amélioré ces derniers temps, et je crois que mon mec commence à entrevoir la possibilité que l'élève dépasse le maître…

Un état de faits parfaitement inacceptable.

— En joue, annonce Florent avec détermination.

Nous levons nos armes, parfaitement synchrones.

Je me délecte par anticipation de voir enfin le vent tourner pour moi. Flo esquisse un sourire sûr de lui…

Il va pour dire « *Feu !* », mais la monosyllabe à peine ébauchée se confond dans une déflagration tonitruante qui nous fait sursauter.

Sous nos yeux, dans une explosion de gravats et de chair déchiquetée, le zombie est littéralement pulvérisé – et, avec lui, trente bons mètres carrés de parking…

Choqués, muets de stupeur, Flo et moi observons les morceaux retombant mollement comme une pluie fumante de boulettes de viande. Faire remarquer que le projectile qui a réduit le mort-vivant en charpie n'était de toute évidence ni un harpon, ni un carreau d'arbalète (lesquels n'ont de toute façon jamais quitté nos armes) reviendrait à concourir dans la catégorie des lapalissades de combat.

Florent se hisse sur le parapet pour lorgner par-dessus le rebord du toit.

— Oh bordel, lâche-t-il dans un souffle.

Je me redresse à mon tour.

Et ce que je vois m'en bouche un sacré coin…

Surgissant comme des cavaliers sortis tout droit de l'enfer, un convoi de voitures et de camions déboule sur le parking au son assourdissant d'une chanson de *heavy metal*. Le véhicule de tête ressemble à un Berliet, un de ces gros camions militaires à la remorque toilée, à une différence près : le système de coupe d'une moissonneuse-batteuse, avec son rabatteur à griffes et sa barre de fauche, a été substitué au pare-choc. La cohorte est principalement composée de berlines allemandes ou japonaises modifiées, toutes bardées de piques ou de barbelés et équipées de pare-buffles de fortune, mais elle compte aussi une Jeep Wrangler et un VLRA orné de trophées : têtes décapitées en état de décomposition avancée, os de bras et de jambes éburnifiés... Le camping-car qui ferme le cortège est pour sa part décoré d'une guirlande d'organes génitaux.

Mais bon sang, qui sont ces types ?

— Je n'aime pas ça du tout, murmure Florent d'un ton lugubre.

Je secoue la tête en silence. Dans les étages inférieurs, le reste de notre groupe n'a pas non plus raté une miette du spectaculaire débarquement, et mon talkie-walkie ne tarde pas à grésiller.

— *Nom de dieu, les garçons, vous avez vu ça ?* fait la voix d'Alice dans le haut-parleur.

Elle se met à parler rapidement. Je l'interromps en pressant la touche émission :

— Écartez-vous des fenêtres, Alice.

Les véhicules se livrent à un show rappelant ces spectacles automobiles dans lesquels des *monster trucks* écrabouillent des carcasses de bagnoles. Des flingues pétaradent à l'unisson et des lance-flammes crachent des geysers de feu. S'il s'agit d'une démonstration de force, il faut bien avouer que c'est plutôt réussi. Pouvoir se permettre de gaspiller des munitions en dit long sur la puissance de feu dont ils disposent...

Un pick-up noir s'avance en première ligne. Sur son flanc, l'inscription Dieu maudisse l'Armorique s'étale en lettres de sang. Montées sur le toit de l'habitacle, des enceintes vomissent les riffs gras qui participent de cette entrée pour le moins théâtrale. Dans la remorque, un homme à la carrure de catcheur se tient debout, les bras croisés. Son visage rougeaud trahit de longues années de relations intimes avec l'alcool et ses yeux suppurent la sournoiserie. Une barbiche tressée à la scandinave et de longs cheveux couleur cuivre, contrastant avec la noirceur du cuir dont il est vêtu de la tête aux pieds, viennent compléter le portrait.

Un Viking, je songe. *Un putain de Viking.*

Une main jaillit par la vitre de la cabine du pick-up et tend un mégaphone au Viking, que celui-ci brandit dans notre direction. Retranchée derrière le pare-brise teinté, la personne assise côté passager tient à bout de bras un lance-roquettes au canon anodisé.

— *Ohé, vous là-haut,* tonne sa voix amplifiée.

J'interroge mon petit ami du regard.

— Je suppose qu'on ne peut pas faire comme si on ne les avait pas vus ?

— Je suppose que non. Et je suppose que je devrais me rhabiller…

— Bonne idée.

— *Nous savons que vous êtes là,* reprend celui qui semble être le chef de la bande pendant que Florent enfile un jean et un t-shirt. *Nous voulons simplement discuter.*

Les autres véhicules prennent position en demi-cercle autour du pick-up. Sur l'une des voitures, je note que les enjoliveurs ont été sculptés pour les faire ressembler à des triskèles aux branches exagérément géométriques, à mi-chemin entre le symbole breton et la croix gammée.

La radio crépite :

— *Les garçons ?*

— On t'écoute, Alice.

— *Norbert a jeté un œil avec les jumelles. Il est prêt à parier qu'il y a plus d'armes à feu dans ces bagnoles que dans le sous-sol d'un suprémaciste blanc.*

— Pour être honnête, on s'en doutait un peu. Merci, dis-je en relâchant la touche d'émission.

Lorsque Flo revient se poster à mes côtés en lissant les plis de son t-shirt (et le Bambi de Disney pailleté d'or imprimé dessus), il arbore un air scandalisé.

— On ne va pas laisser entrer ces nazis au rabais ?

Je pointe du menton le bras tenant le lance-roquettes. À en juger par la gueule du canon, il s'agit d'un M72 à projectiles pénétrants, 66 millimètres. De quoi transformer le plus solide des blindages en tranche de gruyère.

— S'ils veulent entrer, je ne crois pas qu'on pourrait les en empêcher, fais-je remarquer avec fatalisme.

On appelle ces groupes de survivants à l'apocalypse des Équipées Sauvages. Leur secret est de rester sans cesse en mouvement : ils vont d'un point de ravitaillement à un autre, de villes en villages, de centres commerciaux en hôtels. Bien qu'ils n'aient pas la notoriété de pillards ivres de barbarie, certains sont malgré tout réputés pour leurs méthodes aussi radicales que brutales ; si notre groupe n'a jamais croisé le chemin de pareilles hordes, d'autres n'ont pas eu cette chance, ne survivant parfois que de manière toute relative – et provisoire – à la rencontre. Dans notre intérêt, je décide qu'il vaut mieux ne pas tenter le diable.

Je tapote l'émetteur du talkie-walkie.

— Alice ?

— *Oui ?*

— Ouvrez-leur les portes.

À côté de moi, Florent étouffe un cri.

— Tu n'es pas sérieux ?

— La nuit va bientôt tomber, dis-je, et ces types sont aussi discrets qu'un concert de Manowar dans un jardin japonais. Si on les laisse à la porte, tu peux être sûr qu'ils vont rameuter tous les zombies du coin.

— Et alors ? Nous sommes dedans et eux dehors...

— Mon chéri, ils ont des grenades, un lance-roquettes et va savoir quoi d'autre. Sans parler du fait qu'ils sont au moins trois fois plus nombreux que nous...

— Ça, ils le savent pas, objecte-t-il.

— *Les garçons ?*

— On t'écoute, Alice.

— *Désolée, mais on en a parlé un peu entre nous et, franchement, personne n'est très chaud à l'idée de les inviter pour une soirée grillades.*

Je soupire avant de demander :

— Qu'en pense Mère-grand ?

Le talkie-walkie reste silencieux pendant un moment. Quand elle arrive, la réponse est toutefois sans appel :

— *Elle suggère de les inviter à aller se faire foutre.*

— Pas sûr qu'ils apprécient ce genre d'invitation...

— *Mère-grand pense que leur petit numéro n'est rien d'autre que de l'esbroufe. Les munitions ne poussent pas sur les arbres. Déployer toute leur puissance de feu pour venir à bout d'un mur en béton ne serait pas une stratégie très économe, ni un investissement très judicieux.*

Une spéculation à la Mère-grand qui a pour faille de partir du principe que nous avons affaire à des individus raisonnables, ce qui reste à établir selon moi…

Elle a néanmoins vu juste, car les pétarades cessent et on n'entend plus que le feulement des moteurs.

Profitant de l'accalmie que je le soupçonne d'avoir instiguée, le Viking caquète dans son mégaphone :

— *Ohé, là-haut ! Jetez un œil par ici. On a quelque chose qui pourrait vous intéresser…*

De concert, nos regards se portent sur la remorque du pick-up. Le chef de la bande soulève une toile de jute pour révéler un empilement de gros bidons rouges.

Du gazole. *Beaucoup* de gazole…

— Bordel de merde, je jure en tentant de surmonter mon abasourdissement.

— Nom de… Où il a bien pu trouver autant de fioul ?

— *Où ?* Mais *on s'en branle !* Avec ça, on a de quoi tenir pendant des mois ici, sans parler des bagnoles !

Une Volvo et une Renault Espace ; l'une au réservoir à moitié vide, l'autre aussi sèche qu'un canyon sur Mars.

À l'intérieur, nos camarades ont dû se faire la même réflexion, car le talkie-walkie crachote aussitôt :

— *Les garçons ?*

— On a vu, Alice.

— *Mère-grand dit que ça vaut peut-être le coup de reconsidérer ce qu'elle vient de dire.*

— Je suis foutrement d'accord.

Avec la paralysie totale de tous les systèmes, le fioul et l'essence sont devenus des denrées précieuses. Outre les voitures, ils permettent de faire tourner les générateurs et les chauffages en hiver. Inutile de préciser que toutes les pompes à essence ou presque ayant été dévalisées, on ne trouve plus de carburant que dans des camions-citernes et quelques réservoirs portuaires et aéroportuaires.

Et encore, l'indice d'octane élevé le rend la plupart du temps inexploitable.

— Eh bien, *moi*, je ne suis pas d'accord, grogne Flo.

— Mon chéri…

— Non, il n'y a pas de *mon chéri* qui tienne, on ne va pas offrir le gîte et le couvert à ces jockeys d'opérette pour cinq litres de fioul !

M'efforçant de le raisonner, je réplique calmement :

— Il y a au moins cinq *cents* litres dans ces bidons.

— Mais…

Mais qu'il le veuille ou non, c'est une occasion qu'on ne peut tout bonnement pas laisser passer. D'autant que si le Viking a l'intention de négocier, c'est qu'il n'a pas pour projet d'employer la force – pas dans l'immédiat.

Je reviens sur les ondes.

— Alice, qu'est-ce que vous avez décidé, en bas ?

Répondant à ma question, l'épais rideau de fer barrant l'entrée du supermarché se soulève dans un gémissement métallique.

— C'est une très mauvaise idée, renâcle Florent en se dirigeant vers la trappe d'accès à la cage d'escalier.

Avant de lui emboîter le pas, je lance un regard par-dessus mon épaule en direction du parking et croise celui du Viking.

Debout dans le pick-up, les pouces coincés dans son ceinturon fermé par une boucle en argent en forme de tête de mort, un large sourire déforme sa mâchoire.

CHAPITRE 2

Une chose est sûre, le Viking sait faire une entrée.
C'est sur les riffs *psychobilly* d'un vieux morceau des Cramps qu'il précède sa troupe improbable adepte du cuir, des chapeaux de cowboy et des pantalons à franges dans le hall du supermarché, toujours monté sur son pick-up noir. Florent se penche vers moi et me glisse à l'oreille :

— Si je vois un flic dans le tas, je jure que les Village People vont se mettre à danser dans ma tête…

— Fais-moi une fleur, mon chéri : ne partage pas ce genre d'opinion avec ces types.

Mais avec une image mentale pareille, difficile de ne pas comparer le pick-up traversant le hall à un char de la Marche des Fiertés. Un char de mauvais goût…

Le Viking saute de la remorque et vient se planter au milieu de la travée centrale, les poings sur les hanches. Il émet un sifflement admiratif en promenant son regard sur les présentoirs et les rayonnages bien achalandés.

— C'est coquet, ici, commente-t-il.

Subitement, son visage s'illumine :

— Dites-moi, ce supermarché... Ce ne serait pas un Mammouth, par hasard ?

Je réponds par l'affirmative :

— Le dernier de son espèce.

— Moi qui les croyais tous éteints, plaisante-t-il.

Le fait que nous braquions toujours nos armes sur sa clique n'a pas l'air de le perturber. Je reste au diapason des banalités en enchaînant :

— Disons que le coin est un peu éteint, lui aussi. Du moins, il l'était jusqu'à récemment.

— Un peu d'animation ne fait pas de mal. Ça permet de se rappeler le bon vieux temps...

En détaillant les personnages bariolés composant son équipée, je me demande de quel bon vieux temps on est en train de parler. Le Moyen-Âge ? Le dix-neuvième siècle dans l'Ouest américain ? Le milieu des années trente ? On croirait à l'œuvre d'un couturier iconoclaste, en particulier quand talons aiguilles, salopette, cote de maille et chapeau de cowboy *sur une même personne* unissent leurs forces pour contrarier toute notion de goût vestimentaire.

De notre côté, nous ne devons pas franchement cadrer avec le tableau héroïque que l'on se peint d'un groupe de survivants à une apocalypse zombie.

Gisèle – alias Mère-grand – en est la doyenne. Avec ses cheveux blancs et son chemisier à fleurs, on croirait la septuagénaire tout droit sortie d'un téléfilm familial... dans le rôle de la gentille grand-mère ou de la vieille voisine atrabilaire, au choix.

Elle salue le Viking d'un petit signe de la tête, ses lèvres étirées dans un sourire dépourvu de chaleur.

Viennent ensuite Alice, une adolescente de seize ans sur qui on peut toujours compter pour dire que tout ira mal ou pire ; Jean-Christophe, un grand dadais frais émoulu de l'école d'officiers de la Marine nationale ; Norbert, Hell's Angel quinquagénaire adepte de la batte en carbone et, enfin, la famille Prigent. En matière de famille, il faut bien avouer que l'épidémie de zombies a circonscrit la norme à la monoparentalité : Pierre Prigent s'occupe seul de son fils de douze ans, Thomas, et de sa fille de huit ans, Elawen. Je ne saurais pas dire si l'air sérieux avec lequel les gamins brandissent leurs semi-automatiques a quelque chose de mignon ou de carrément flippant, mais je crois avoir déjà mentionné que les tabous n'ont plus cours dans le nouveau monde.

— Mon nom est Léonard Lenhardt, déclare le Viking. Et voici mon second, Monsieur Panou.

À ses côtés s'avance un noir d'un mètre quatre-vingt-dix. Son visage disparait sous des tatouages élaborés, qui ne sont pas sans évoquer ces arabesques qu'arborent les guerriers maoris. Il est totalement chauve, exception faite d'une longue tresse de cheveux bruns partant du sommet de son crâne et descendant jusqu'aux fesses. Détail qui ne se refuse pas, le molosse torse nu peut en outre se targuer d'un superbe jeu d'abdominaux…

— Qui commande ici ? s'enquiert Lenhardt.

Bien que nous n'ayons convenu de rien sur ce point, tous les regards se tournent vers moi. L'antériorité prime dans ces cas-là, je suppose. Je soupçonne aussi qu'en dépit du fait que notre groupe se soit aggloméré autour de moi *et* Florent, l'un de nous deux ne relève pas vraiment le niveau de crédibilité avec son t-shirt Bambi...

Je sors donc du rang et, d'un ton mesuré mais ferme, ouvre les hostilités :

— Le fioul. Montrez-le-nous.

Léonard Lenhardt me considère un instant comme un nuisible qu'il pourrait écraser du talon de sa botte. Je suis incapable de dire s'il est déçu ou juste déconcerté, alors je soutiens son regard sans ciller, comme pour lui signifier que son sentiment à mon égard m'indiffère. Nous nous jaugeons pendant ce qui me paraît une éternité, puis il se tourne vers son second.

— Monsieur Panou, sans vouloir vous commander.

Un fin sourire au coin des lèvres, le cerbère tatoué m'invite à approcher du pick-up d'un geste presque trop courtois en faisant écho au Viking :

— Sans vouloir vous commander...

Je m'efforce d'endiguer le frisson glacial provoqué par sa voix grave et gutturale, forgée dans les profondeurs de l'enfer, et me dirige vers le véhicule pour inspecter les bidons, escorté de près par Monsieur Panou qui me suit comme mon ombre – une ombre immense et inquiétante. Je grimpe dans la remorque, m'agenouille devant la précieuse cargaison et éprouve le contenu des jerricans de la phalange de mon index. *Pleins... Oui, mais de quoi ?* Choisissant un bidon au hasard, j'en dévisse le bec verseur en plastique noir. Une odeur âcre, familière, emplit mes narines. Je revisse le bec et fait couler un peu de liquide sur mes doigts, que je frotte pour en apprécier la texture.

Du fioul. Du bon vieux mazout.

Un raclement de gorge dans mon dos me ramène à l'ambiance tendue qui règne toujours entre nos deux groupes. Sautant du pick-up, je demande à Lenhardt :

— Qu'est-ce que vous voulez en échange ?

— Oh, de menues broutilles, vraiment. Passer la nuit ici, cela va sans dire. Manger un morceau. Peut-être vous soutirer quelques pièces pour les véhicules... Le gîte, le couvert et quelques *goodies*, en somme.

— Combien de bidons ? questionne Mère-grand.

— Douze. Six de plus si vous nous autorisez à nous réapprovisionner en bière et en alcools forts, ajoute-t-il.

Du regard, j'interroge mes compagnons d'infortune. Toutes et tous ont l'air de penser la même chose que moi, sauf Florent, inflexible, qui manifeste sa désapprobation en me couvant de ces yeux de braise que je connais bien.

Nous baissons nos fusils et nos pistolets. Sans quitter Lenhardt des yeux, je fais un signe de tête de côté :

— Rayons bricolage, équipement et accessoires auto, au fond à droite. Les alcools sont dans les vitrines en face des caisses. Tâchez simplement de ne pas nous dévaliser.

— Bien aimable, dit le Viking. Croyez bien que nous ne serons en rien une gêne.

Son langage châtié me met mal à l'aise, sans que je m'explique pourquoi.

— Vous pouvez passer la nuit ici, mais sous certaines conditions, poursuis-je d'un ton égal. Primo, l'accès aux étages, à la galerie commerciale ainsi qu'à toute partie du supermarché autre que le hall et les rayons que je vous ai indiqués vous est interdit.

Tous les endroits où nous gardons des armes.

— C'est entendu, acquiesce-t-il.

— Deuxio, votre petit show son et lumière là dehors doit avoir rameuté la moitié de la région, et sûrement pas la meilleure moitié. Vous nous débarrasserez des colleurs en repartant.

La plupart des survivants divisent les morts-vivants en deux catégories, marcheurs et colleurs. Les marcheurs sont des zombies opportunistes, errant sans but particulier. Les colleurs, en revanche, sont du genre à s'incruster. Ils ont une fâcheuse tendance à tenir obstinément le siège de forteresses improvisées telles que la nôtre – et les morts-vivants ont beau être stupides, ils ne le sont hélas pas assez pour ne pas piger le concept de garde-manger.

En souriant de toutes ses dents, le Viking s'esclaffe :

— Oh, ne vous en faites pas pour ça. Nous avons mis au point une technique de notre cru pour nous débarrasser des colleurs. Vous allez en être baba !

— En quoi consiste-t-elle, au juste ? demande Mère-grand, soupçonneuse.

Une expression indéchiffrable, rêveuse presque, passe sur le visage couperosé de Lenhardt lorsqu'il répond :

— Je préfère vous laisser la surprise. Mais ne vous en faites pas, nous nettoyons toujours après nous.

— Troisième point et non des moindres, vos armes. Vous les laisserez dans la remorque du pick-up, qu'un de vos gars conduira ensuite derrière le supermarché. Il y a une entrée de service réservée aux livraisons. Votre gars et l'un des nôtres garderont le pick-up pendant la nuit.

Un bref frémissement fait trémuler ses paupières.

— Vous avez l'avantage du nombre, fais-je observer pour justifier cette mesure radicale.

— Vous avez des armes, rétorque Lenhardt.

— Étant données les circonstances, vous ne nous en voudrez pas de pêcher par excès de prudence.

Nous nous dévisageons en chiens de faïence pendant un long moment. Finalement, avec une nonchalance qui sonne légèrement faux, Lenhardt lance à sa bande :

— Vous avez entendu le chef, les gars. Dites bonne nuit à vos joujoux. (Il se tourne ensuite vers son second.) Monsieur Panou, je vous charge de faire la quête. Assurez-vous que nos ouailles fassent montre de générosité.

Le sbire obtempère de mauvaise grâce.

Lenhardt a beau en imposer dans un style aux atours plus folkloriques qu'autre chose, Monsieur Panou, lui, sue une malfaisance brute par tous les pores de sa peau.

Les survivants qu'on a rencontrés au cours de l'année qui s'est écoulée n'étaient pas tous des enfants de chœur, loin s'en faut ; quand nous l'avons trouvé sur les routes, Norbert a manqué de peu de décapiter Mère-grand sur un malentendu dont je tairai ici les détails, et Jean-Christophe n'a arrêté de dormir avec un flingue sous son oreiller que très récemment. Dans le nouveau monde, la confiance se gagne difficilement et n'est jamais entièrement acquise. Vivre dans l'adversité permanente et surtout en triompher vous confèrent un pouvoir que peu de gens ont manié auparavant, et pour ce que j'ai pu en constater, le pouvoir ne corrompt pas : il révèle.

Et ce qu'il a révélé de Monsieur Panou ne me dit rien qui vaille…

Une fois les armes collectées et rassemblées dans la remorque (un arsenal impressionnant, cela va sans dire), Lenhardt affecte son second à la garde du pick-up. De mon côté, je fais un signe de tête à l'attention de Norbert. Il acquiesce et va se poster près du véhicule, batte à la main. Les hommes de plus de cent kilos chacun se jaugent comme des ours prêts à se sauter à la gorge.

— Au moindre coup fourré, lance posément Norbert au molosse, je te bute.

— Marché conclu, grimace Monsieur Panou.

Léonard Lenhardt claque des mains, satisfait.

— Je vois que nous sommes sur la même longueur d'onde, glisse-t-il à mon attention.

— Pour l'instant.

Cette réponse n'est pas de moi, mais de Mère-grand.

D'accord, l'ambiance n'est pas exactement à la ronde de l'amitié autour d'un feu de camp (plutôt à la Guerre Froide), mais nous sommes encore en vie pour éprouver ce que bon nous semble à leur égard – ce qui était loin d'être gagné il y a encore quelques minutes.

De mon point de vue, ce n'est déjà pas si mal.

Ce soir-là, nous mangeons chacun de notre côté.

Le Viking et une partie de son équipée rassemblent des chaises de jardin, des transats et des fauteuils autour des tables en teck exposées dans le hall et improvisent une sauterie pour le moins bruyante et alcoolisée. Pour notre part, sans rien varier à nos habitudes, nous nous installons dans le bistrot de la galerie commerciale, où Mère-grand cuisine des pâtes et du bœuf en daube. Après le dîner, Pierre Prigent et ses enfants montent se coucher. Par radio, je contacte Norbert ; il m'assure que tout se passe bien, non sans m'informer que Monsieur Panou a autant de conversation que le pick-up qu'ils gardent conjointement.

Un peu avant vingt-trois heures, alors que nous descendons quelques bières avec Jean-Christophe, Alice et Mère-grand, un membre de l'Équipée Sauvage, un jeune blond de seize ou dix-sept ans, nous rend visite – en dépit du fait qu'il lui a été interdit de s'aventurer dans ce secteur du supermarché. Un air timide sur la figure, il porte un sweat à capuche noir deux tailles trop grand, un jean troué et des baskets. Mon mec se penche en gloussant vers Alice pour lui murmurer :

— Tu as peut-être tes chances pour le bal de promo.

L'adolescente le fusille du regard. Florent a dit ça sur le ton de la plaisanterie, bien sûr, mais à notre surprise, le garçon vient effectivement se planter devant notre pupille – ce qui ne manque pas d'ajouter à l'exaspération de la concernée. Il se fend d'un petit signe de tête et bredouille un « salut ». Alice croise les bras, toisant le gamin comme on regarde un insecte gênant.

— Qu'est-ce que tu fous ici ?

— Eh bien, euh... Je n'ai pas pu m'empêcher de... enfin, j'ai vu ton t-shirt.

Un t-shirt à l'effigie du groupe de rock Deep Purple au logo craquelé depuis longtemps.

— Et ? fait Alice d'un ton cassant.

— J'ai pensé que tu voudrais voir ça...

Il fouille la poche arrière de son pantalon. Dans un réflexe parfaitement coordonné, nous dégainons nos armes et braquons l'adolescent. Ses yeux brillants s'écarquillent.

— *Lentement*, prévient Jean-Christophe. Pas de geste brusque…

Le garçon obtempère. Lorsque sa main revient en vue, elle tient un simple boîtier en plastique. Un CD. C'est au tour d'Alice d'exprimer sa surprise.

— *Fireball* ! s'exclame-t-elle, rayonnante. J'y crois pas, je l'ai cherché partout !

Un sourire timide étire les lèvres du blondinet. Il lui tend l'album, qu'Alice entreprend de manipuler avec une délicatesse quasi religieuse.

— L'édition spéciale de 1996. Avec des pistes bonus, précise le gamin.

— Deep Purple est mon groupe préféré !

— J'ai tous leurs disques… J'ai aussi du Led Zep et du Tool. Tu aimes ?

Jugeant les armes inutiles, nous les baissons. S'ensuit un échange passionné sur fond de rock progressif d'une époque que les deux adolescents n'ont jamais connue. Une conversation de lycéens tout ce qu'il y a de plus normaux, en somme. Se rappelant à notre présence (et sans doute à la sienne dans une zone hors limites), l'adolescent finit par se tourner vers nous :

— Mon oncle m'a chargé de vous faire savoir que vous êtes les bienvenus si vous souhaitez vous joindre à notre groupe.

— Ton oncle ? je répète, perplexe.

— Léonard Lenhardt.

J'interroge mes compagnons du regard.

Alice acquiesce avec enthousiasme ; de la manière dont elle dévore le blondinet des yeux, il n'est pas difficile de deviner pourquoi. Jean-Christophe hausse les épaules. Florent secoue imperceptiblement la tête. Mère-grand me chuchote à l'oreille :

— Garder un œil sur cette bande de zouaves n'est peut-être pas une mauvaise idée.

J'approuve d'un hochement de tête discret. Revenant au gamin, je réponds :

— Dis-lui que nous acceptons son invitation.

Dans les rangs de l'Équipée Sauvage, la boisson a depuis longtemps supplanté la nourriture solide. L'alcool endort légèrement ma méfiance et les réticences de mon petit ami, mais après tout, nous sommes armés et pas eux. D'ailleurs, exception faite de Lenhardt lui-même, il y a tout autant de laisser-aller dans sa bande : l'espace hifi et électroménager a été transformé en piste de danse, tandis que les préliminaires d'une orgie sexuelle (ou bien d'un jeu à boire éminemment effusif et dénudé) s'éploient au rayon literie. Peu intéressée par ce genre de programme, Mère-grand a déclaré forfait. Jean-Christophe, lui, navigue entre le rayon literie et un trio d'ex-militaires partageant semble-t-il son goût pour la vodka française.

À l'écart de cette agitation dionysiaque, nous nous sommes attablés avec le Viking dans l'espace d'exposition réservé au mobilier de maison. Vautré dans l'un des sofas en cuir, Léonard Lenhardt adopte une posture qui n'a rien à envier aux poses légendaires de Lemmy Kilmister – une main serrant une bouteille de bière, l'autre sur le fessier rebondi de sa compagne.

J'apprends qu'elle se prénomme Andréa (son nom de famille restera un mystère), qu'elle enseignait les sciences humaines à l'université de la Sorbonne – ce qui ne saute pas vraiment aux yeux si on s'arrête au corset et à la minijupe en vinyle rouge qui la font davantage ressembler à une groupie des années soixante-dix – et que loin de rendre sa vie misérable, l'apocalypse avait eu pour elle un effet « libérateur ».

Nous parlons un moment de choses et d'autres. Des zombies, lesquels remplacent avantageusement la pluie et le beau temps dans les mondanités. Des informations que chacun de nos groupes a glanées durant ses pérégrinations. Les leurs ne s'avèrent guère plus encourageantes que les nôtres : les morts-vivants sont partout, de la Bretagne aux confins de l'Europe et, pour ce que nous en savons, d'un hémisphère du globe à l'autre. Les États-Unis ont cessé d'émettre environ cinq mois plus tôt. Quelques villes sont réputées avoir tenu un temps l'épidémie à distance : Berlin et Hambourg en Allemagne ; Sébastopol, en Ukraine ; Espoo, en Finlande. Localement, des rumeurs persistantes laissent entendre que la ville de Brest, à la pointe du Finistère, abrite un groupe de survivants particulièrement organisé, le soi-disant Dernier Bastion à la Fin du Monde.

Ce n'est pas la première fois que nous en entendons parler. Il s'agit d'un mythe auquel, de notre côté, nous n'avons jamais accordé beaucoup de crédit ; le genre de fable moderne comme il en existe des dizaines pour mettre du baume au cœur des survivants – ou rassurer les enfants. *Surtout* pour rassurer les enfants. Et puis, c'est Brest : il y aura toujours un Breton pour vanter Brest.

Comme nous conversons, je vois Andréa produire une petite fiole contenant un liquide sombre. Elle en verse une goutte dans son cocktail ainsi que dans la bière que lui tend Lenhardt. Intrigué, je questionne :

— Qu'est-ce que c'est ?

À mon grand effroi, Andréa répond :

— Du sang de zombie.

J'écarquille les yeux. Dans un accès de lucidité, Flo tressaute près de moi, sa main effleurant réflexivement le fusil harpon appuyé sur l'accoudoir :

— Vous êtes cinglés, vous allez vous transformer !

— Nous pouvons vous assurer que c'est sans danger, dit posément le Viking.

— Comment pouvez-vous en être sûrs ? je demande.

— Eh bien, sachez que nous en consommons depuis des mois. Et comme vous pouvez le voir, nous sommes aussi vivants que vous autres !

— Des *mois* ?

— Comment est-ce possible ?

Lenhardt prend un air docte en questionnant :

— Connaissez-vous l'histoire du roi Mithridate ?

— Bien sûr.

Non que mon mec et moi soyons calés en Histoire de l'Antiquité ; il s'agit d'une anecdote que n'importe quel étudiant en médecine entend au moins une fois en cours d'immunologie. Le roi Mithridate VI est né juste après la

Troisième Guerre punique, au deuxième siècle avant notre ère, dans un contexte politique impitoyable. Avant qu'il fût en âge de régner, sa mère, une femme assoiffée de pouvoir et à l'ambition forcenée, fit assassiner son père avec la complicité de son fis cadet, lequel ne devait même pas encore avoir de poil au menton. Craignant pour sa vie après une énième tentative d'empoisonnement, Mithridate s'acoquina avec un apothicaire et s'éduqua en secret à la science des toxiques. Absorbant régulièrement de petites quantités de tous les alcaloïdes connus de l'époque, la légende veut qu'il soit parvenu à s'immuniser contre la plupart des poisons...

— La mithridatisation est donc un concept qui vous est familier, continue le Viking.

Je réponds que oui, tout en faisant remarquer qu'il ne s'agit de rien de plus que ça – un *concept*. Je ne crois pas une seconde qu'il soit possible de s'immuniser contre le vecteur responsable de la zombification. Du point de vue médical, il est prouvé que certaines neurotoxines (comme la tétrodotoxine, produite par une poignée d'espèces de poissons et d'amphibiens) peuvent modifier les fonctions du métabolisme jusqu'à un état proche de la mort clinique. Mais le point commun avec les morts-vivants s'arrête là : aucune substance ne transforme un être vivant en créature assoiffée de sang. Pour y avoir un peu réfléchi, Flo et moi penchons plutôt pour un vecteur parasitaire ; dans de rares types d'infections, notamment la toxoplasmose, le parasite parvient à prendre le contrôle de son hôte en interférant avec les neurorécepteurs de zones ciblées du cerveau.

Tout ceci est théorique, mais si nous sommes dans le

vrai, le succès d'une vaccination est parfaitement illusoire, ce que je fais remarquer à Lenhardt.

— Il n'est pas question de vaccination, me détrompe notre hôte. Plutôt d'une sorte de désensibilisation. Savez-vous que chez certaines peuplades orientales, on laisse les morts pourrir sur des tréteaux en plein air, afin de boire le jus s'écoulant des corps en décomposition ? La croyance veut que cette pratique confère à ses adeptes une longue et saine vie. Et regardez-nous !

Peu désireux de m'aventurer sur le terrain ésotérique, je tente de recadrer la discussion :

— Les croyances orientales ne sont pas ma discipline. La science, si. Vous parlez de désensibilisation, mais vous n'êtes sûrement pas sans savoir que cette technique n'est pas efficace à cent pour cent…

— Non, en effet.

— Dans le cas de figure où votre corps ne produit pas les anticorps spécifiques, vous risquez à terme de devenir des zombies…

— C'est exact.

Nous nous étudions comme deux télépathes, chacun de nous tentant de lire les pensées de l'autre… Je crois déceler une lueur intriguée dans ses yeux, les miens devant pour leur part exprimer le scepticisme le plus aigu.

Cherchant à solliciter le soutien de Florent, il apparaît vite évident que je ne l'obtiendrai pas : fidèle à sa filiation bretonne, mon mec s'est laissé attendrir par l'alcool et a décroché de cette conversation trop sérieuse à son goût.

— Tout ce temps dans un supermarché, ça doit être aliénant, non ? interroge Andréa en changeant de sujet.

— On finit par s'y faire. Ce n'est pas comme si on n'y passait pas déjà la majeure partie de notre temps avant tout ça, réponds-je avec abnégation. Le fait est qu'on avait d'autres projets, mais qu'il y a eu quelques complications.

— Les zombies ?

— Non. L'essence.

Autant être honnête. Ils savent pertinemment qu'ils ne doivent pas leur carton d'invitation à l'amour de notre prochain... Je me garde toutefois de parler des voitures.

— On peut dire que nous sommes tombés à pic, alors, se félicite Lenhardt.

— On peut l'dire, ouais, ricane Florent.

Sa jovialité excessive amuse Andréa. Moi, moins...

— C'drôle, embraye-t-il, on est là, tous les quatre, à bavasser et à rigoler...

— Flo.

— ... alors qu'y a pas deux heures, on s'demandait si vous n'alliez pas tous nous égorger dans not' sommeil !

Il faut préciser que pour quelqu'un de sa constitution, mon mec a une sacrée descente : je l'ai vu anéantir la meilleure moitié d'une bouteille de Crystal Head et une bonne dizaine de bières. Et moi, pensant que ça écarterait temporairement sa paranoïa, je l'ai laissé faire...

Je me demande si ça n'a pas été une erreur de ma part quand, contre toute attente, le Viking part d'un rire sonore. Se serait-il lui aussi laissé émousser les sens ?

— Voyons, nous ne sommes pas des barbares ! feint-il de s'émouvoir entre deux hoquets.

— Excusez-le, interviens-je en soupirant, il a un peu levé le coude. Un peu *trop*. Pas vrai, Flo ?

— Va t'faire…

Lenhardt fait un moulinet du poignet signifiant que c'est sans importance. Andréa touille son Bloody Mary en souriant, l'air pensif. Soudain, elle se met à glousser en tapotant l'épaule de son compagnon :

— Léo, je crois que ton neveu préféré a une touche…

Derechef, je porte mon regard dans la même direction qu'elle, ravi que cet interlude détourne l'attention de mon petit ami et de ses manières. Alice et le blondinet se sont isolés dans la partie réservée au mobilier de jardin. Lovés l'un contre l'autre dans une balancelle, se partageant une paire d'écouteurs, ils secouent la tête en cadence sur un rythme musclé.

La main d'Alice repose sur la cuisse de l'adolescent, dont j'apprends qu'il répond au nom de Franklin.

— Comme la tortue ? raille Florent.

Je lui décoche un coup de coude entre les côtes.

— Comme Franklin Richards, rectifie Lenhardt.

Je dois avouer que la référence m'échappe. Les seuls Richards que je connaisse se trouvent être le guitariste des Stones et une actrice populaire de la fin des années quatre-vingt-dix. Andréa juge opportun d'éclaircir pour moi :

— Le fils de Reed Richards.

— Oh…

— Tu ne sais pas non plus qui est Reed Richards ?

À son grand désarroi, je secoue la tête.

— Monsieur Fantastique ! s'exclame-t-elle, outrée.

— Ah.

— Le mari de la Femme invisible…

— D'accord.

Je m'en fiche.

— Vous n'êtes pas très calé côté *comics*, pas vrai ? remarque Lenhardt.

— C'est plutôt le truc de Florent, admets-je.

— Vous êtes ensemble depuis longtemps ?

— Trois ans.

Mon mec s'agite à mes côtés. Levant le doigt dans ce geste dont seuls les éméchés ont le secret, il interpelle nos invités d'une voix chevrotante :

— Notez qu'monsieur Fantastique, hein, il était pas tout blanc… 'fin, plutôt *trop* blanc, disons. Dans les séries de Millar, c'est un fan de l'apartheid et tout un tas d'autres réjouissances néofascistes, si v'voyez c'que j'veux dire…

— Florent.

— Non, je ne vois pas non, dit froidement Lenhardt.

L'affabilité bonhommiale s'est évanouie. Une veine s'est mise à battre rapidement à sa tempe. *Oh, oh.*

— Bah c't-à-dire que vous autres, là, avec vos cuirs et vos bottes et vos triskèles gammés…

— Florent, ça suffit !

— Quoi ? J'dis juste que…

— Tu ne vas *rien* dire *du tout*, je m'empresse de le sommer sèchement.

— On peut être sympa même quand on est un naz…

— Flo, *ferme-la*.

J'empoigne mon petit ami sans ménagement.

— On va aller dormir, maintenant.

— Hé ! Il est 'core tôt…

— Excusez-le. La vodka et la bière ne font pas bon ménage. Bonne nuit…

Et traînant Flo pour ainsi dire par la peau du dos, je nous tire de cette situation embarrassante – non sans sentir peser sur mon épaule le regard de flamme qui s'est allumé dans les yeux de Léonard Lenhardt.

Un point Godwin, je fulmine à part moi en charriant mon mec réduit à l'état de viande saoule dans l'escalier menant à l'étage. *Très malin. Vraiment très malin.*
— On y est presque. Tiens-toi à moi.
— Je… j'sais pas d'où sortent ces types, mais pou' sûr, ils savent faire la fête.

Dans le couloir du premier étage, nous croisons Mère-grand, un .22 Long Rifle en travers de l'épaule. La vieille dame roule des yeux et secoue la tête à la vue de Florent. Elle maugrée quelque chose à propos de la radio de Norbert qui ne marche plus, m'informe qu'elle va jeter un œil par sécurité et nous souhaite une bonne nuit.

Je pousse la porte de notre chambre, un bureau tapissé de moquette beige dans lequel nous avons entassé une armoire, un ordinateur, une pile de coussins et plusieurs munitions, et j'aide Florent à s'asseoir, puis à enlever son t-shirt. Les yeux rouges, une mine fatiguée tirant ses traits juvéniles, il commence par se laisser faire docilement avant d'aventurer sa main dans mon jean… Je me raidis.
— Flo, tu es bourré. Oublie.

Il ne s'est jamais révélé particulièrement performant avec autant d'alcool dans le sang – ou si peu de sang dans son alcool, en l'occurrence. Et il le sait.

— J'ai envie d'toi, articule-t-il péniblement. J't'aime.

Il faut reconnaître que c'est touchant, même s'il n'y a rien de moins romantique que ce genre de phrase dans une bouche empestant le malt de mauvaise qualité.

— C'est gentil. Allez, enlève ton pantalon. Tu ne vas pas dormir tout habillé.

Évidemment, Florent interprète ça comme une avance coquine. Roulant langoureusement des hanches, il se met à me caresser l'intérieur de la cuisse, un sourire bête vissé sur le visage.

— Flo… fais-je sur un ton de mise en garde.

Ses attouchements produisent leur effet. Un soupir las m'échappe quand je sens poindre une érection. Après tout, j'ai bu, moi aussi… En quantités certes plus raisonnables, mais non moins déraisonnables.

Répondant à son invitation, je m'étends sur lui et l'embrasse, malgré les relents de bière qui me soulèvent le cœur. Il s'acharne maladroitement contre mes vêtements ; j'ôte son jean de façon tout aussi laborieuse, me battant une longue minute contre les chevilles qui le retiennent comme si elles ne voulaient pas lâcher prise… Mu par un désir devenu irrépressible, j'arrache son caleçon.

À peine ai-je pris son sexe turgescent dans ma bouche que je le sens débander lentement…

Frustré, je relève la tête juste à temps pour voir ses paupières se fermer et mon mec sombrer dans le sommeil.

CHAPITRE 3

Novembre 2013

Située au nord des Côtes-d'Armor, enclavée dans la baie qui porte son nom, Paimpol est riche d'une histoire maritime vieille de plus de cinq siècles. C'était longtemps l'un des principaux ports de pêche bretons et le premier à armer vers la pêche à la morue. La première goélette à cingler vers Terre-Neuve – bien qu'on se réfère au périple sous le nom de « pêche à Islande », il s'agit en fait d'une appellation erronée – était sortie du port en 1852. Moins d'un demi-siècle plus tard, le registre portuaire comptait près d'une centaine de navires morutiers.

Une goélette à hunier embarquait typiquement une vingtaine d'hommes, quittant Paimpol en février pour n'y revenir qu'en novembre, un mois connu alors en Bretagne comme le *mis du*, le « mois noir », un nom qui faisait moins écho aux caprices du climat qu'au bourgeonnement des veuves de marins au retour des Grands Bancs. De fait, ces longues campagnes se déroulaient dans des conditions particulièrement difficiles ; faute de pouvoir employer des doris, les pêcheurs ramenaient le poisson à la main depuis un pont balayé par les éléments, la mer déchaînée clamant son lot de victimes. L'activité morutière a perduré jusque dans les années trente avant de s'éteindre progressivement, moins pour des raisons économiques que parce qu'au début du vingtième siècle, la plupart des navires avaient disparu en mer, des naufrages attribués à la vieillesse de la flotte datant du siècle précédent…

L'époque des longues campagnes de pêche révolue, ostréiculture et pêche côtière ont pris la relève, talonnées de près par la plaisance à la voile et, comme c'est souvent le cas avec les villes bretonnes, le tourisme.

Paimpol brassait désormais du Parisien deux mois par an, et vivotait de la plaisance pendant la basse saison.

Les parents de Florent possédaient un gîte, la Lagune de Kerroc'h, non loin de la tour portant le même nom, sise sur les hauteurs de Ploubazlanec. Ils habitaient un pavillon moderne, aux formes géométriques, jouxtant le gîte.

Quand nous sommes arrivés, les pneus de la voiture ont crissé sur les graviers impeccablement nivelés dans la cour. Il s'était enfin arrêté de pleuvoir et des gouttelettes scintillantes perlaient des géraniums près de l'entrée.

Yann et Marie Quilleré se tenaient sur le seuil.

Dur et solidement bâti, le père de Florent mesurait un mètre quatre-vingts et devait peser pas loin de quatre-vingt-dix kilos. Il avait des yeux noirs perçants et d'épais cheveux grisonnants qui ne semblaient tolérer aucun épi insubordonné. Une barbe soigneusement taillée dissimulait ses joues et son menton. Tout l'inverse de son époux, madame Quilleré était une femme radieuse, au visage doré et avenant. Elle avait les mêmes yeux bleus intenses que son fils, quoiqu'agrandis par les verres de ses lunettes.

— Maman, papa, les a salués Flo d'une voix si faible que j'ai cru un instant qu'il retenait sa respiration.

Je suis resté en retrait, attendant d'être officialisé.

— Papa, maman, je vous présente… a-t-il commencé.

Son père ne devait pas être né de la dernière pluie, car son visage s'est aussitôt décomposé.

— Un garçon ? Tu aimes les hommes ?

Oh, oh.

— Écoute, papa…

— Non, ne dis pas un mot de plus, l'a interrompu le patriarche d'un ton cassant.

— Monsieur Quilleré, suis-je intervenu, peut-être que nous devrions en discuter calmement…

Consciemment ou non, je m'étais exprimé d'une voix plus grave, qui se voulait plus virile. Je n'avais pas eu à employer ce stratagème depuis le collège…

— *Calmement ?* a répété le père.

Son front arborait à présent une belle teinte cramoisie.

— Je trouve tout de même ce genre de nouvelles un peu difficile à digérer. Tu aurais pu nous prévenir, plutôt que de nous mettre devant le fait accompli !

Le patriarche s'est dirigé vers moi en me dévisageant de la tête aux pieds. Je me suis efforcé de paraître détendu et de surmonter ma crainte que ce voyage tourne au fiasco.

Quand il s'est adressé à moi, ce fut d'une voix grave, mais moins menaçante qu'emprunte de solennité :

— Alors, c'est toi qui te tapes mon fils ?

J'en suis resté coi.

— Euh...

Florent a foudroyé son père du regard en s'indignant :

— Papa !

— *Yann* ! s'est cette fois fâchée son épouse. Combien de fois t'ai-je répété que les meilleures plaisanteries sont les plus courtes ?

Elle m'a pris par les épaules, enlacé affectueusement et embrassé sur la joue en disant :

— Bienvenue en Bretagne.

Et Yann Quilleré de se mettre à rire à gorge déployée avant de m'offrir une poignée de main chaleureuse, mais qui m'a broyé toutes les phalanges.

— Bienvenue, mon garçon. Tu es ici chez toi.

— Euh... Merci...

Incertain quant à ce qu'il venait de se produire, j'ai interrogé Florent du regard. Dans mon déroutement, j'ai été rassuré de voir mon mec aussi désarçonné que moi par la réaction du chef de famille.

Avisant nos airs perdus, madame Quilleré s'est hâtée d'expliquer :

— Laissez tomber, les garçons. Mon Yann est juste déçu d'avoir perdu son pari.

— Son *pari* ? s'est étranglé Flo.

Quand mon mec a enfin compris de quoi il retournait, il s'est s'empourpré :

— Vous avez parié sur mon orientation sexuelle ?

— Désolée, mon chéri… Tu nous en veux ?
— Non, c'est juste que… *Oui !* Combien…
— Cent euros, a avoué sa mère, gênée.
— *Cent euros ?*
— Oh, Flo…
— Je n'arrive pas à y croire…
— Écoute, pour me faire pardonner, je t'achèterai un petit quelque chose. Que dirais-tu d'une belle édition de cette BD, tu sais, celle que tu aimes ? Est-ce qu'il y a… je ne sais pas, moi, un numéro collector ou quelque chose…
— C'est un *roman graphique*, maman. Pas une BD. Et non, merci, je ne veux pas de… de ton argent sale.

J'étais partagé entre le cocasse de la situation et un malaise identique à celui que devait ressentir Florent. L'air débecté, il s'est engouffré dans la maison, et je suis resté un instant seul avec ses parents. Madame Quilleré a paru contrariée par sa réaction, mais son sourire s'est ravivé quand elle m'a demandé en changeant de sujet :

— C'est la première fois que tu viens en Bretagne ?
— Première fois, ai-je confirmé.
— Tu verras, une fois qu'on y a mis les pieds, on y a mis le cœur ! a fait son mari.
— C'est un peu déjà le cas…
— Oh, je n'en doute pas une seconde ! a joyeusement ululé madame Quilleré en me prenant par les épaules.
— Tu es ici chez toi, mon garçon, a renchéri Yann Quilleré. Dans ta famille…

Au ton sur lequel il a prononcé ces mots, j'ai compris que Florent avait dû prévenir ses parents que « sa moitié » était orpheline, sans doute pour éviter des gaffes.

Nous sommes entrés.

L'intérieur ne ressemblait pas du tout à ce que j'avais imaginé. Le salon comportait une cheminée, taillée dans un granit rose et bleu, et de grands canapés lilas flanqués de tables d'appoint en osier où trônaient de petites lampes aux abat-jours de fabrication artisanale. Une bibliothèque aux rayonnages en pin verni occupait tout un pan de mur. Dans la salle à manger, qui faisait office de pièce à vivre, une table massive était recouverte d'une élégante nappe de soie rouge et le couvert mis pour quatre personnes.

Une demeure authentique, tout l'inverse du pavillon de banlieue sans âme auquel j'étais habitué.

Les Quilleré n'avaient ni la télévision, ni la radio, mais ce détail, qui perturbait le citadin que j'étais au plus haut point, a participé de l'agréable dîner que nous avons partagé : de la sorte, nous avons été les derniers à ignorer qu'une épidémie s'était déclarée et que la moitié de la Bretagne était à feu et à sang pendant que nous sirotions tranquillement nos verres de Lalande-de-Pommerol.

Après l'apéritif, Marie nous a priés de l'excuser un moment, le temps de s'affairer aux fourneaux.

— De l'autruche ? ai-je deviné en humant les odeurs me parvenant de la petite cuisine.

— Cuite à la poêle et légèrement fumée, pour en relever le goût, a répondu la maîtresse de maison.

Florent s'était quelque peu détendu. Cependant, son regard brûlant m'indiquait qu'il en voulait toujours à ses parents pour leur pari sur son homosexualité.

À table, Yann Quilleré s'est montré aussi cultivé que loquace. Tout le dîner durant, il m'a abreuvé d'anecdotes sur la région. À Paimpol, le moindre édifice, la moindre rue semblait avoir son histoire. Je l'ai écouté soliloquer, prenant toutefois le temps de féliciter son épouse pour la délicatesse de la viande. Les pavés étaient accompagnés d'épinards à la crème et de haricots verts.

Si vous vous posez la question, et pour l'avoir posée à de nombreux survivants, il semblerait que tout le monde se souvienne de son dernier repas avant l'apocalypse...

Profitant de ce que son épouse était partie en cuisine chercher le dessert, le patriarche a repoussé son assiette et m'a scruté avec intensité.

— Alors, le mariage est prévu pour quand ?

À mes côtés, Florent a manqué de s'étouffer avec ses épinards. J'ai dévisagé son père pour y déceler les signes d'une autre blague d'un goût certain, mais cette fois-ci, il avait l'air redoutablement sérieux.

— Le... le mariage ? j'ai répété, pris au dépourvu.

— Ben c'est que vous avez le droit de vous marier, maintenant, non ?

— Oui. Mais...

— Et tu aimes mon fiston, pas vrai ?

— Bien sûr, ai-je répondu du tac au tac.

— Alors, vous devez bien avoir prévu de vous marier.

Ne sachant pas où me mettre, j'ai glissé un regard en coin à mon mec. Rouge comme une pivoine, Flo semblait au bord de l'apoplexie. J'ai balbutié :

— Eh bien, disons que, euh, c'est pas vraiment prévu au programme...

L'énorme poing de Yann s'est abattu sur la table dans un bruit de couverts entrechoqués.

— *Il est hors de question que mon fils fornique en dehors du mariage comme une biquette !* a-t-il tempêté.

— *Papa !* a protesté un Florent incrédule.

— À quoi ça sert de voter socialiste si même pour *ça*, ça ne sert à rien, hein ?

Un ange est passé. Depuis la cuisine, Marie a grondé gentiment son époux :

— Yann, ça suffit maintenant, tu vas leur faire peur.

Et l'intéressé d'exploser dans un rire sonore.

— Papa, tu es impossible, a soupiré mon mec.

— Oh, si on ne peut plus plaisanter…

Mon cœur n'avait jamais autant fait le yoyo dans un laps de temps aussi court. Je me suis promis que c'était la dernière fois que je me laissais embobiner…

Pour détendre l'atmosphère, Yann Quilleré a lancé le sujet qui, selon lui, s'y prêtait le mieux : la politique. Je n'aimais pas spécialement parler de politique moi-même, mais je préférais ça à toute nouvelle considération de sa part, même humoristique (*surtout* humoristique), sur notre couple. Sans surprise, Yann était déçu du gouvernement actuel, trouvait qu'il payait trop d'impôts et estimait que si on lui confiait les rênes du pays, les choses seraient bien différentes. Il embrassait Victor Hugo dans sa conviction qu'au siècle dans lequel nous vivions, il était inacceptable qu'il y eût encore de la misère et de la pauvreté où que ce soit dans le monde.

— Et moi, je vais vous dire une bonne chose, a-t-il proclamé d'un ton solennel. Quand les pauvres n'auront plus rien à manger, eh bien, ce seront les riches qu'ils mangeront !

C'est le moment qu'a choisi la porte d'entrée pour grincer sur ses gonds. De concert, nous avons pivoté sur nos chaises. Une tête s'est encadrée dans l'embrasure...

Déboulant de la cuisine, une tarte aux pommes dorée entre les mains, Marie a ouvert de grands yeux ronds derrière ses lunettes. L'intrus a promené son regard sur chacun de nous, un filet de bave s'écoulant de ses lèvres.

— Mais nom de Dieu, qu'est-ce que vous foutez là ? *Sortez de cette maison !* a aboyé le patriarche.

— Du calme, Yann, l'a morigéné son épouse. Est-ce qu'on peut vous aider, monsieur ?

Pour toute réponse, le type a émis un borborygme incompréhensible.

— On dirait qu'il est malade... Ça va, monsieur ?

Je suis aussitôt parti d'un fou rire incontrôlable.

— Un zombie... Pas mal, mais vous ne m'aurez pas, cette fois, ai-je fait entre deux hoquets hilares.

Cependant, Marie m'a fait douter lorsqu'elle a reposé sa tarte aux pommes sur le buffet en décrétant :

— Il n'a pas l'air bien. Je l'emmène à l'hôpital.

— Il a surtout l'air rond comme une pelle à foutre, a grommelé son époux.

— Si c'est une autre plaisanterie...

— Qu'est-ce qu'il schlingue, a grimacé Florent en se pinçant le nez.

Tout à coup, une alarme s'est mise à sonner dans ma tête. C'était moins la pâleur de l'inconnu ou son air hagard que son odeur qui m'interpellait. Je me suis remémoré un cours de pathologie donné par un professeur écossais un peu loufoque, doté d'une barbe à la George R. R. Martin et du même regard malicieux. Il avait écrit une thèse sur le kuru, cette maladie qui avait décimé les anthropophages de Nouvelle-Guinée dans les années cinquante. Lors de son intervention, il avait expliqué que notre métabolisme n'est pas programmé pour la digestion de chair humaine ; les réactions chimiques que suscitent son ingestion provoquent des odeurs putrides émanant des pores de la peau. En sortant du cours, je m'étais demandé à quoi pouvaient bien ressembler pareils effluves de pestilence.

La puanteur que refoulait l'intrus avait toutes les apparences d'une répugnante réponse à ce mystère...

De plus en plus convaincu qu'il ne s'agissait pas d'un mauvais canular, j'ai détaillé le type sur le pas de la porte. Il nous regardait à tour de rôle, comme s'il ne parvenait pas à jeter son dévolu sur l'un ou l'autre d'entre nous... La mère de Flo lui a doucement pris le bras.

— Venez, monsieur, je vais vous conduire à l'hôpital.

— Madame Quilleré... ai-je voulu l'avertir, en proie à un horrible pressentiment.

Tout s'est passé très vite. Il a propulsé ses mâchoires sur sa nuque, sectionnant net sa carotide et faisant jaillir un jet de sang qui a éclaboussé la tarte aux pommes.

— *Marie !* s'est écrié Yann Quilleré en se levant d'un bond, culbutant chaises et table.

Florent et moi avons hurlé à notre tour.

Ce soir-là, nous avons été précipités dans la confusion la plus totale et ce fut le début de l'horreur.

CHAPITRE 4

Octobre 2014

La lumière faiblarde des réverbères du parking que peine à alimenter le groupe électrogène du supermarché se glisse entre les stores en rais timides, hachés par l'ombre des arbres s'agitant mollement dans le vent. Abstraction faite du meuglement ininterrompu des morts-vivants dans le lointain, on n'entend pas un seul bruit.

Pelotonné contre moi, ses cheveux éparpillés comme une cascade blonde sur mon torse et un bras en travers de ma taille, m'enlaçant comme si j'étais un nounours, Florent dort à poings fermés. Incapable d'en faire autant après que le corps de mon petit ami a déclaré forfait, je suis pour ma part en proie à une érection récalcitrante…

Pour tuer le temps et oublier ma frustration, j'allume l'ordinateur et lance le simulateur de vol.

Beaucoup de joueurs trouvent ce type de jeux vidéo ennuyeux ; certes, il existe des passe-temps plus exaltants que celui consistant à regarder défiler des cumulonimbus des heures durant, mais moi, je trouve ça plutôt relaxant. Ni morts-vivants, ni cris, ni coups de feu, ni scènes de boucherie : où que vous alliez, à trente-sept mille pieds d'altitude, il n'y a guère que le monochrome ouateux du ciel et le sifflement monotone des turboréacteurs virtuels. Par ailleurs, depuis le temps que je joue à ce jeu, je peux me vanter de posséder quelques notions rudimentaires de pilotage – tout du moins sur le plan théorique. On ne sait jamais quand ce genre de choses peut se révéler utile.

Après trois heures de vol et une approche difficile, le joystick posé sur une cuisse et le clavier sur l'autre, je pose un Dornier 228 bimoteur sur la redoutable piste 06 de l'aéroport Tenzing-Hillary au Népal, quand un cri à glacer le sang retentit soudainement dans la nuit. Tous les sens en alerte, je m'assois en tendant l'oreille. Flo roule sur le côté sans se réveiller. Un autre cri, assourdi, ne tarde pas à faire écho au premier. Suivi du claquement étouffé de semi-automatiques en provenance du rez-de-chaussée…

Faisant valser joystick et clavier, je me lève, enfile des vêtements à la hâte et secoue mon mec.

— Flo, réveille-toi…

— Hmmm…

— *Debout !*

Sans perdre une seconde, je charge mon Manufrance. Ce réflexe nous a sauvé la vie un nombre incalculable de fois ; je n'ai pas la moindre idée de ce qu'il se passe en bas, ni de la quantité d'assaillants à laquelle il nous faudra faire face d'un instant à l'autre. Mais je préfère aller au devant du danger plutôt qu'attendre qu'il vienne à nous.

À titre de précaution supplémentaire, je fourre un Para-Ordnance calibre .45 dans ma poche arrière, non sans m'être assuré de disposer des munitions idoines.

— Bordel, Florent, *réveille-toi !*

Je lui décoche une claque énergique. Mon mec gigote faiblement et grogne son agacement.

— Hmm... Ça va pas, ou quoi ? Laisse-moi dormir...

— Flo, on a un problème. Un *très gros* problème.

Comme pour appuyer mes dires, un autre hurlement déchire le silence. Une boule au ventre, je reconnais cette fois la voix haut perchée de la fille Prigent. Des tréfonds de sa semi gueule de bois, Florent la reconnaît aussi.

— Qu'est-ce que... c'était Elawen, non ? Oh putain, ma tête... Merde...

— Lève-toi. Prends ton flingue.

Il détend ses muscles raidis, toujours à poil.

— Et habille-toi, j'ajoute.

Une fois mon mec éveillé, vêtu et armé, nous sortons dans le couloir. Nous dépassons prudemment les pièces ayant autrefois abrité les services administratifs, vérifiant chaque porte, lorgnant par chaque vitre. À l'extrémité du couloir, la porte coupe-feu donnant sur la cage d'escalier s'ouvre et un mort-vivant la franchit en titubant. En dépit des quantités insondables d'alcool qui doivent encore empoisonner son organisme, le temps de réaction de Flo se révèle admirable : d'un geste maintes fois répété, il extirpe de sa ceinture le Glock automatique chambré en 9 mm, ôte le cran de sûreté et fait feu.

Les deux balles touchent le zombie en pleine tête, emportant un œil et la joue gauche. Je le félicite :

— Mon chéri, tu aurais dû parier sur ce coup-là.

— Comment ils sont entrés ?

— Je te parie euros contre pogs que ce sont ce fumier de Viking et sa clique. Ils nous ont baisés.

En réalité, je n'en sais rien, mais très franchement, je n'ai pas de meilleure explication. Florent grogne :

— J'aurais préféré que ce soit toi qui me baises ce soir. (*Et moi donc,* je songe.) Putain, mon crâne…

Il piaule en se tenant le front, mais je suis satisfait de constater qu'il ne titube pas trop. Ignorant ses jérémiades, je jette un œil précautionneux par l'entrebâillement de la porte coupe-feu. La cage d'escalier est déserte.

Je chuchote :

— La voie est libre.

⛬

La porte d'accès au rez-de-chaussée s'ouvre sur une scène apocalyptique, tandis qu'une odeur de pourriture me fouette les narines.

Sur la gauche, le hall du supermarché et la galerie commerciale attenante grouillent de morts-vivants. Depuis la travée centrale en face de nous, des files de zombies se déploient dans tous les rayons. La raison pour laquelle ils sont si nombreux n'a rien d'un mystère : en arrière des barricades démontées par nos soins, le rideau de fer a été remonté et les portes coulissantes de l'entrée principale du centre commercial sont *grandes ouvertes.*

On a allumé les plafonniers. Quant aux haut-parleurs muraux, ils diffusent *Shoot you in the back* de Motörhead à tue-tête, ce qui n'améliore pas réellement notre potentiel de discrétion dans les environs et dissipe par ailleurs tous les doutes qu'il peut me rester quant aux responsables…

Les fumiers.

— Nom de dieu, souffle Florent, médusé.

Il y en a tellement qu'il nous faut un certain temps pour distinguer les vivants des morts-vivants.

Notre groupe a été pris au dépourvu. Perché sur l'un des présentoirs de confiseries dans l'allée centrale, vêtu d'un simple caleçon, Jean-Christophe fait rugir son fusil d'assaut. Pierre Prigent, en pyjama intégral en ce qui le concerne, joue de la batte au rayon mercerie, fracassant des crânes et brisant des os. Thomas et Elawen ne sont visibles nulle part. Les autres non plus…

Nous entrons dans la danse, gratifiant les morts-vivants d'un feu nourri. Du sang jaillit tout autour de nous. Mes balles atteignent indifféremment des fronts et des yeux, des torses et des bas-ventres. Un zombie dans un costume familier attire mon attention. Un foulard rouge autour du cou et une veste ample sur les épaules, son accoutrement le plus marquant est une barrette de mineur en cuir bouilli bleu safre… Ainsi qu'une *pioche.*

Il me prend par surprise – et pas seulement parce que j'ai sous les yeux l'incarnation du Petit Mineur emblématique de ce régisseur publicitaire connu des salles obscures : mon chargeur est aussi vide que ses yeux voilés par la cataracte. Le temps de dégainer le Para-Ordnance, et il est sur moi…

Je crains qu'il se serve de sa pioche, mais constate avec soulagement qu'il ne s'agit que d'un accessoire en plastique. C'est donc sa mâchoire barbouillée de sang qu'il projette en direction de ma carotide. Je n'ai pas le temps d'ouvrir le feu ; me pliant en deux pour éviter sa morsure, je referme mes bras sur le mort-vivant et le soulève pour le faire basculer cul par-dessus tête. Il retombe lourdement sur le dos. Faisant volte-face dans un seul mouvement, j'arme le Para-Ordnance M1911 et presse la gâchette à quatre reprises – *zéro, zéro, zéro, un*, ne puis-je m'empêcher de compter mentalement, avant de songer qu'avec ce que la publicité a fait de nos cerveaux, c'est à se demander ce que les zombies peuvent encore trouver d'affriolant à cette partie de notre anatomie…

— Les garçons, fait la voix de Pierre Prigent quelque part sur ma droite, un coup de main serait bienvenu !

Nous pivotons.

Le père de famille est aux prises avec deux vieilles femmes rabougries et complètement nues. À en croire les étiquettes rectangulaires attachées à leurs orteils, elles se sont échappées de la morgue de l'hôpital voisin.

— Vas-y, m'enjoint Florent en s'élançant vers le hall. Je vais aider J.-C.

— Fais gaffe…

L'une des harpies a refermé ses mains sur la batte que brandit Pierre ; je braque la gueule du M1911 sur elle et tire. Cette fois, je manque mon coup. Une vitrine éclate quelques mètres derrière ma cible. J'ajuste ma visée et fais feu de plus belle. L'épaule de l'une des femmes explose, projetant de petits bouts de chair et des éclats d'os sur le pyjama de soie de Pierre. Elle se tourne instinctivement dans ma direction : c'est sa dernière erreur.

Libérant enfin sa batte d'un coup sec, le père de famille l'abat à plusieurs reprises sur le crâne échevelé des cadavres ambulants, alternant successivement entre l'une et l'autre comme ce jeu de fête foraine dans lequel il faut assommer des taupes. Ses coups sont assénés avec une violence dont je ne tarde pas à comprendre la motivation.

— *Ça*, c'est pour Thomas ! (Pierre tape et tape encore et encore.) Et *ça*, c'est pour Elawen !

Le cœur serré, je contemple la scène aussi saugrenue que tragique avec un sentiment persistant de malaise, moins parce que cette hargne vengeresse force la pitié que parce que d'autres marcheurs claudiquent à présent dans sa direction, et que Pierre semble trop occupé à s'acharner sur les vieilles femmes pour s'en rendre compte...

Accaparé par mes propres assaillants, je n'ai pas le temps de le mettre en garde contre l'imprudence qu'il est en train de commettre. Le boucher débarque de nulle part – nulle part étant situé quelque part entre les rayons puériculture et mercerie. Avec horreur, je comprends que le père de famille ne l'a pas repéré, aveuglé par sa furie dévastatrice. Je crie son nom pour le prévenir.

Tout va très vite. Il lève les yeux. Voit le zombie dans son tablier blanc éclaboussé de substances douteuses, à moins d'un mètre de lui. Son expression possédée se mue en terreur. Pierre brandit sa batte ; le boucher en fait de même avec une feuille en acier maculée de sang brun...

Leurs instruments s'abattent en même temps, fendant l'air dans un flou argenté.

Pendant un moment, je suis incapable de dire lequel des deux a occasionné le plus de dommages à l'autre, le corps massif du boucher me bloquant la vue. Mais quand l'homme en tablier s'écarte sur le côté, je découvre Pierre à genoux, le regard fixe, la feuille d'acier fichée dans son cou et un fleuve de sang cascadant sur sa poitrine. Son corps à demi décapité s'affaisse sur le carrelage dans une position grotesque.

— Et merde, je jure entre mes dents.

Je manque de payer très cher ces quelques secondes de distraction. Un mort-vivant se jette sur moi, ses grosses mains aux doigts boudinés tendues devant lui. L'homme de cent cinquante kilos ne s'avère fort heureusement ni rapide, ni adroit, et je n'ai aucune difficulté à esquiver son attaque. Mon Para-Ordnance fait le reste.

Reportant mon attention sur ce qu'il se passe dans le hall, je découvre mon mec posté avec Jean-Christophe en haut du présentoir à confiseries en forme de tour de Babel que dévalent des boîtes de chocolats de Noël piétinées. Juchés à deux mètres du sol, ils arrosent les morts-vivants de tirs nombreux et précis. Ils ne courent pas de danger immédiat, mais je sais qu'ils ne disposent pas de réserves illimitées de munitions. Ni moi non plus, d'ailleurs… Tôt ou tard, il nous faudra sortir d'ici. Contenir les nouveaux arrivants ne rime plus à rien. Le magasin est perdu ; il doit y avoir des zombies dans tous les coins, à présent.

Me frayant un chemin jusqu'à eux, je leur crie :

— Flo, J.-C., à moins que vous n'ayez l'intention de passer les vacances de Noël ici, il faut se tirer. Descendez de là, je vous couvre !

Ils font signe qu'ils ont compris. Je prends le temps de recharger le Manufrance avant de gratifier les zombies un peu trop intéressés par ma carcasse des dernières balles du Para-Ordnance. Puis je leur fais signe de descendre :

— Allez-y !

Je concentre mon feu sur les morts-vivants au pied du présentoir monumental, afin qu'ils puissent gagner le sol sans risquer de se faire mordre au mollet. Une fois réunis, nous faisons l'état de nos munitions : le chargeur de Jean-Christophe étant presque vide, je lui confie le M1911 et les boîtes de cartouche adéquates.

— Où sont les autres ? j'en profite pour demander au jeune officier. Mère-grand ? Alice ? Norbert ?

— Morts. Enfin, je crois...

— Tu *crois* ? je m'exclame en logeant une balle dans la tête d'une infirmière cadavérique à la blouse tachée de sang et de bile.

— Mec, je sais pas où ils sont, d'accord ? réplique-t-il sèchement. J'étais parti gerber des litres de vodka et quand je suis revenu, je me suis retrouvé dans ce merdier...

Il s'interrompt pour régler leur compte à deux punks à chiens zombies.

— Bon, maintenant, c'est quoi le plan ? fait mon mec en nous rappelant à l'ordre, sans s'adresser à quelqu'un en particulier. On va chercher la bagnole ?

— Ces enfoirés l'ont prise. Je l'ai vue partir sur les caméras de vidéosurveillance. (Quand nous nous sommes installés, Jean-Christophe a pris ses quartiers dans le poste de sécurité du supermarché.) On pourrait se réfugier dans le McDo, suggère-t-il.

Mauvaise idée. Le fast-food à l'extrémité du parking est ceint de baies vitrées. Avec autant de zombies excités par la perspective d'un formidable gueuleton, il y a fort à parier qu'ils les enfonceraient facilement et que nous ne passerions pas la nuit. D'un autre côté, sans voiture, nous n'avons aucune chance de quitter le parking vivants ; en l'état actuel des choses, le McDonald's constitue la seule option décente de repli.

— Okay, on y va.

Les zombies sont si nombreux à s'engouffrer par les portes principales qu'il nous faut jouer dangereusement des coudes. Tirer à bout portant occasionne d'importants dégâts à nos assaillants tout en nous contraignant à viser moins précisément. Mon inquiétude grandit à mesure que notre proximité avec les morts-vivants augmente. Des dents claquent en se refermant si près de nous que nous pouvons sentir les souffles chauds et les haleines putrides, nous obligeant à garder un œil les uns les autres pour parer au risque de morsure.

— Flo, à droite !

— Gaffe, derrière toi.

— À tes deux heures !

— Il bouge encore, vise la tête !

Ils sont nombreux. *Trop nombreux.*

Et ce qui devait arriver finit par arriver : à la faveur d'un moment d'inadvertance, un livreur de pizzas mort-vivant plante ses incisives dans l'avant-bras dénudé de Jean-Christophe.

Le jeune homme hurle :

— Il m'a mordu ! Saloperie...

Le zombie reçoit une balle dans la tête. D'un coup d'œil rapide, j'examine la blessure. *Profonde*. L'empreinte de dents d'un rouge écarlate indique qu'il a été mordu jusqu'au sang.

Il est foutu.

— Jean-Christophe…

— Je sais, je sais…

Sans cesser de me concentrer sur les morts-vivants qui nous barrent toujours la route, je surveille le jeune officier. Contrairement à une idée répandue, dans ce genre de situation, les suicides sont rares. On cherche plutôt à retarder l'échéance, à atermoyer, à cultiver un espoir aussi vain qu'illusoire. Puis, se résignant à la mort, on demande à un compagnon d'infortune d'en finir – plus ou moins rapidement, souvent trop tard.

Avant que j'aie le temps de sonder ses intentions sur ce point, Jean-Christophe fait volte-face et entreprend de rebrousser chemin à l'intérieur du hall du supermarché, enjambant les corps et ruant les morts-vivants de coups assénés avec l'énergie du désespoir.

— Jean-Christophe ! je m'époumone.

— *Tirez-vous !* hurle-t-il sans se retourner.

Fendant la masse grouillante de zombies comme un taureau enragé, il serpente jusqu'à la porte donnant sur la cage d'escalier et s'y engouffre. J'étouffe un juron.

— Où il va ? demande Florent.

— Je n'en sais rien, mais je n'ai pas l'intention de rester ici pour le savoir. On ne peut plus rien pour lui.

Passant enfin les portes béantes, nous débouchons sur le parking. Lequel, après le départ de l'Équipée Sauvage, est à nouveau désert – de véhicules, du moins. Dans la lumière hésitante des réverbères, nous avisons des dizaines de formes hâves convergeant vers nous. Nous devons parer au plus urgent, à savoir les zombies provenant du hall du supermarché et déferlant à nos trousses, avant de nous occuper des nouveaux invités. Nous avons l'avantage du terrain ; le parking nous permet de mettre de la distance avec nos assaillants. Cependant, à mesure que nous en abattons, mon inquiétude quant aux munitions grandit. Je sollicite mon mec sur ce point :

— Combien de cartouches il te reste ?

— Pas assez, je dirais.

Mon esprit ne fait qu'un tour.

— Le rideau de fer, dis-je en continuant d'arroser les zombies en approche. Il faut enfermer ceux qui sont à l'intérieur. Sinon, on sera débordés.

— C'est Alice qui s'occupait de ce truc, je ne sais même pas comment…

Avant qu'il termine sa phrase, une voix familière se fait entendre au milieu de la pétarade de nos armes à feu :

— *Hé, tas de merdes pourries !*

Nous suspendons nos tirs. Dans un bel ensemble, les morts-vivants lèvent leurs yeux torves dans la direction d'où provient la voix, et nous les imitons prudemment. Sur le toit terrasse, Jean-Christophe, toujours en caleçon, fait tournoyer le Para-Ordnance M1911 autour de son doigt en sifflotant. Au centre de toutes les attentions, il met en joue le réservoir du groupe électrogène.

— Les garçons, lance le jeune militaire en s'adressant à nous, combien de carburant il nous reste ?

J'échange un regard avec Florent avant de répondre, non sans un pincement au cœur :

— Suffisamment, je pense…

Jean-Christophe hoche la tête d'un air résolu.

— Je vais éteindre la lumière derrière nous. Il paraît que ça peut sauver la planète.

Je vais pour lui dire que je suis désolé pour lui, mais rien ne vient. Je me contente donc d'un « bonne chance ».

Le mugissement lugubre des hordes zombies voyant en nous des proies beaucoup plus accessibles nous ramène à la réalité et je rouvre le feu. Nous devons nous éloigner au plus vite du supermarché. Florent et moi nous frayons un chemin sanglant sur le parking. En lançant un dernier regard par-dessus mon épaule, je vois le jeune officier grimacer un sourire résigné et presser la détente, sans la moindre trace d'hésitation.

Une boule de feu vermillon s'élève dans un vacarme assourdissant du toit du bâtiment. Je dois fermer les yeux et me protéger le visage, tant la chaleur est insupportable. Le souffle brûlant de l'explosion nous parvient, bientôt suivi de milliers d'éclats de verre et de béton pulvérisé. Lorsque je rouvre les paupières, le supermarché est à demi effondré. La superstructure en acier de l'entrée a tenu bon, mais les plaques de verre dessoudées par le choc se sont affaissées sur les morts-vivants qui se tenaient en dessous, provoquant un véritable carnage. Les corps des zombies sont si bien écrabouillés que leur peau ressemble à la membrane d'un morceau de boudin trop cuit qui aurait éclaté. Sidérés et sous le choc, nous contemplons un court moment la dévastation.

Puis je tapote l'épaule de mon mec pour le rappeler à l'urgence de notre situation en disant :

— Jean-Christophe nous a sauvé la vie, je suggère qu'on tente de poursuivre cet effort.

Mais mon optimisme est de courte durée. Lorsque nous faisons volte-face pour affronter les zombies hantant toujours le parking, nous sommes aveuglés par les phares d'un véhicule avançant dans notre direction, nettoyant les morts-vivants sur son passage…

— Merde, je grogne.

De concert, nous levons nos armes, plissant les yeux pour distinguer quelque chose. S'il fallait parier, je jurerais qu'il s'agit d'un pick-up noir… Nous ouvrons le feu. Le véhicule se déporte. La fusillade ne dure qu'un instant : nous avons épuisé nos munitions.

— On se tire ! s'écrie Florent.

Nous fonçons comme des dératés sur le parking. Sans surprise, le pick-up noir nous coupe la retraite, freinant brutalement au devant de nous. Nous le contournerions pour continuer de fuir si ce n'était pour Monsieur Panou, debout dans la remorque et pointant sur nous la gueule menaçante d'un fusil d'assaut…

Le moteur stoppe. Les portières s'ouvrent.

Le Viking descend du pick-up, encadré par Andréa et son neveu, Franklin. En nous voyant, la commisération se peint sur le visage de Léonard Lenhardt, qui soupire :

— Vous ne savez décidément pas quand il est temps pour une fête de se terminer.

CHAPITRE 5

J'essaie désespérément de trouver un moyen de nous tirer de ce mauvais pas, mais n'entrevois aucune solution. On nous conduit, allégés de nos armes et les mains sur la nuque, au milieu du parking, désormais éclairé par la seule clarté lunaire.

Je me demande un instant s'ils vont nous exécuter ou nous abandonner aux zombies, avant de songer qu'ils ont peut-être dans l'idée de satisfaire aux deux options. Les enceintes du pick-up diffusent une chanson de Ry Cooder dans laquelle il est question de passer un coup de fil à Jésus pour lui formuler ses prières. *Bande d'ordures...*

Le Viking tire tranquillement sur une cigarette. Près de lui, Monsieur Panou dirige toujours sur nous le canon du fusil d'assaut chambré en 5.56 mm. Il l'agite de haut en bas, nous intimant l'ordre de nous coucher.

— Vous n'auriez pas dû survivre. C'est regrettable, se désole faussement Lenhardt.

Gagne du temps, je songe en m'allongeant, les mains toujours derrière la tête.

— Je ne comprends pas. Pourquoi les zombies ? Vous aviez de quoi tenir pendant des mois avec nos provisions et nos munitions…

— Probablement.

— Vous pouviez vous débarrasser de nous, piller ce foutu supermarché… Pourquoi…

— Oh, nos motivations ne sont plus votre problème, messieurs, m'interrompt-il.

Le Viking s'en tient là. L'indifférence qu'il manifeste à notre égard est aussi troublante que terrifiante. Pour la première fois, je me rends compte que nous avons affaire à un authentique psychopathe, froid et impitoyable.

— Monsieur Panou, lance-t-il à son sbire, finissez-en.

Aussi expressif qu'un requin, le molosse esquisse un sourire malsain à l'énoncé de cet ordre… L'apocalypse zombie a apporté son lot d'atrocités, de visions d'horreur et de scènes cauchemardesques, mais rien ne m'a jamais autant terrifié que ce rictus effroyable de pure perversion. Mon sang se glace dans mes veines.

— Un instant, Léo, intervient Andréa.

— Qu'y a-t-il, ma chère ?

— Franklin. Je veux qu'il le fasse.

Une profonde déception se lit aussitôt sur le visage de Monsieur Panou. Tous les regards confluent vers le gamin, et les yeux du blondinet au front luisant de sueur dans la lumière des phares se font fuyants. Je comprends que ça n'a rien à voir avec de la timidité : Franklin est terrifié.

Ces types lui font peur.

— Tiens, mon garçon, fait le Viking en lui tendant un pistolet au canon chromé.

L'adolescent soupèse ce que je devine être un Coonan Cadet calibre .357 d'une main hésitante.

— Ne traîne pas, d'autres arrivent, l'enjoint Lenhardt avant de nous adresser un signe d'adieu de la main.

Et le pick-up s'éloigne.

Le faisceau des phares décrit un cercle autour de nous, le but de la manœuvre étant de tenir les nouveaux arrivants à distance en délimitant un périmètre de sécurité. Ce que je ne comprends pas, c'est pourquoi le Viking veut s'assurer que nous soyons tués. Il pourrait tout aussi bien nous livrer à la merci des morts-vivants qui rappliqueront sitôt le pick-up parti. La seule explication que je trouve est que nous sommes en présence d'un groupe d'individus irrémédiablement pourris, moralement gangrénés jusque dans les tréfonds de leur âme, et le fait que Lenhardt soit capable d'infliger à son propre neveu un rite initiatique aussi abominable – car, sauf erreur de ma part, c'est bien de ça qu'il s'agit – me conforte dans cette idée.

Toujours allongé sur le sol, j'intercepte le regard mal assuré de l'adolescent et m'efforce de le raisonner d'une voix apaisante :

— Franklin, tu n'es pas obligé de faire ça.

Il s'avance, le pistolet braqué sur nous. Je ne peux m'empêcher de noter qu'il lance des coups d'œil furtifs en direction du pick-up. *Il se demande s'ils peuvent le voir. Il n'a pas envie de le faire.*

Ce qui m'encourage à insister :

— Franklin. Écoute-moi, s'il te plaît.

Je crois avoir lu quelque part qu'appeler quelqu'un par son prénom ferait appel à son humanité.

— Tu n'as pas à faire ça, dis-je. Laisse-nous partir.

— Je ne peux pas.

— Franklin, lâche ce flingue.

Bien que moins lourd que les premières versions du Magnum, le Cadet ne pèse pas loin d'un kilo – trop pour être tendu à bout de bras pendant aussi longtemps par un adolescent. Cet effort physique venant s'ajouter à son conflit intérieur, Franklin se met à trembloter.

— Je ne peux pas, je ne peux pas, répète-t-il.

— Franklin…

— *Tais-toi !*

À mes côtés, Florent, paralysé par la peur, tente lui aussi sa chance avec le blondinet :

— S'il te plaît. Laisse-nous partir, Franklin.

— Je ne peux pas, vous ne comprenez pas… Si je vous laisse partir et qu'ils le découvrent, ce sera *adieu, Franklin…*

Il s'arrête à un mètre de nous.

— Je suis désolé…

— Franklin, ne…

Un coup de feu part.

La douleur est atroce, foudroyante, comme si tous mes vaisseaux sanguins avaient explosé en même temps.

Une pression lancinante sur ma jambe m'incite à me plier en deux, et je hurle. La balle s'est logée dans mon mollet gauche. Quelques secondes plus tard, mon cri se confond avec une seconde déflagration. Un filet de sang noir comme de l'encre gicle de la cheville de Florent.

— Merde… *Merde, merde, merde…*

Sous le coup de la douleur, mon mec se recroqueville à son tour en chien de fusil, les mains sur sa jambe.

— Désolé, murmure Franklin d'une voix brisée.

À travers le voile de larmes qui embue mes yeux, je vois le gamin s'éloigner, nous abandonnant à notre sort. Blessés, mais *pas morts.*

Que lui est-il passé par la tête ? A-t-il tiré deux coups de feu pour prétendre ensuite qu'il nous avait tués – auquel cas, nos hurlements de douleur auront tôt fait de le confondre ? Ou bien le gamin avait-il pour ordre explicite de seulement nous blesser pour servir ensuite de pâture aux morts-vivants ? Je ne m'explique pas ce qui nous vaut notre salut.

Le visage pourpre, mon mec se tord sur l'asphalte en geignant. Ses couinements auront tôt fait d'attirer tous les zombies du coin…

— Flo, lève-toi…

— Je ne peux pas, gémit-il en grimaçant. Putain, si je retrouve ces enfoirés…

— Pour l'instant, il faut qu'on se tire d'ici.

Au moment où je lève la tête, je vois les feux arrière du pick-up s'enfoncer dans la pénombre à l'extrémité du parking pour rejoindre la route.

Et des formes indistinctes s'avancer vers nous…

Les morts-vivants émergent des décombres fumants du supermarché éventré. D'autres surgissent des buissons et des immeubles voisins…

— Est-ce que tu peux marcher ? je demande à Flo.

— Je ne sais pas… Je vais essayer…

— Je vais te faire un garrot.

J'utilise mon t-shirt et en profite pour jeter un œil à la plaie. En dépit du sang qui coule abondamment, le point d'entrée est net et propre.

— Il faut comprimer la plaie...

— Je sais, je vais enlever ta chaussette, aide-moi.

Ma blessure me fait souffrir le martyre, mais la vague de chaleur qui m'envahit est plutôt bon signe. Un fleuve d'adrénaline, d'endorphines et de catécholamines déferle à à présent à travers mon organisme : me concentrer sur ma tâche suffit à amoindrir la douleur à un seuil acceptable. J'enlève la chaussette de Florent, puis la noue autour de sa cheville. Le coton s'imbibe immédiatement de sang.

Tandis qu'il me prodigue les mêmes soins de fortune, je guette les morts-vivants trottant dans notre direction. La lumière pâle de l'astre lunaire accentue la pâleur de leurs visages exsangues.

Se mettre debout nous demande un effort surhumain. Nous prenons tout d'abord appui sur nos coudes avant de contracter nos abdominaux pour se redresser sans imposer trop de contraintes à nos tenseurs. Nous devons à tout prix éviter de solliciter les muscles de nos cuisses, au risque de favoriser la formation d'emboles.

— Et maintenant ? fait mon mec, les yeux humides.

— Le McDo.

Le fast-food n'est qu'à soixante mètres de distance. Nous pouvons l'atteindre avant les morts-vivants, même à cloche-pied. Non sans difficulté, cela dit...

— Bordel, ça fait mal, jure Flo en se tenant le mollet.

— Ouais, je sais.

— On fonce ?

— On fonce.

Tant bien que mal, nous traversons le parking. Les morts-vivants fondent sur nous comme des hyènes sur un animal blessé… La course nous laisse pantelants, le visage ruisselant de larmes, mais l'obstination forcenée à survivre à la nuit l'emporte. Sur notre lancée, nous nous jetons de tout notre poids contre la porte d'entrée du McDonald's.

Le chambranle en PVC cède sans trop de difficulté. À la clarté de la lune filtrant par les fenêtres, nous avisons des chaises retournées sur les tables en formica vert bien alignées. Si ce n'est pour les toiles d'araignée et les livres pour enfants aux couvertures racornies dans l'espace de jeux, on croirait que l'employé chargé de la fermeture est parti la veille.

Notre première préoccupation est de nous barricader. Après avoir tiré l'une des tables devant la porte d'entrée, nous poussons les autres devant les fenêtres et y entassons tout ce que nous pouvons trouver de mobile : chaises, pots de fleurs, poubelles, présentoirs.

— Ça devrait les occuper pendant un certain temps, augure Florent en coinçant un clown Ronald McDonald grandeur nature en résine entre deux pieds de table, à la manière d'une barre de porte charretière.

Un certain temps, mais pas longtemps.

Sous les tambourinements de nos assiégeurs et la pression de leur poids contre les fenêtres, les vitres finiront par céder. Mais nous avons un problème plus urgent à résoudre : il nous faut retirer les balles, nettoyer les plaies et panser nos blessures, faute de quoi nous n'avons aucune chance de survivre. Le risque d'infection est une chose, être incapable de se mouvoir en est une autre. Avant le matin, il nous faudra quitter notre refuge provisoire ; si nous ne sommes pas sur pied lorsque ça arrivera (au sens littéral comme au sens figuré), nous sommes foutus.

— Par ici, dis-je à Florent. Il doit y avoir une armoire à pharmacie dans la cuisine.

L'intérieur du McDo n'est pas aussi dévasté qu'on l'avait imaginé. L'endroit est même plutôt propret. Le sol, peint d'une couche brillante d'époxy gris clair, n'est ni jonché de détritus, ni éclaboussé de sang séché. Rien dans le fast-food ne représentant d'intérêt pour les zombies, tout a demeuré en l'état depuis le début de l'épidémie.

Je contourne le comptoir dont la vitrine transparente autrefois réfrigérée contient encore des desserts, quoiqu'à demi grignotés par des moisissures brunâtres. À droite, des présentoirs montrent des friandises à l'emballage couvert de taches vertes. Une sorte de muffin grouillant de larves couronne le tout. En ouvrant la porte du réfrigérateur industriel en inox au fond de la cuisine, je tombe sur un tas d'aliments moisis, ainsi que des bouteilles au contenu spumescent. Bref, rien qui ne soit pas envahi par tout un écosystème. Enfin, près d'un téléphone mural, je repère le petit placard blanc familier ; malheureusement, l'armoire à pharmacie a déjà été dévalisée. Je ne parviens même pas à dénicher un rouleau de gaze.

Le reste du fast-food ne recèle évidemment rien de très utile. Sauf peut-être…

— Du sucre ? hasarde Florent comme s'il lisait dans mes pensées.

J'approuve d'un hochement de tête.

Dans les situations d'urgence, on ne recommande en général aux gens que de prodiguer des soins sommaires et d'appeler les secours. Le danger étant, lorsqu'il n'y a *plus* de secours, de se retrouver dépourvu et vulnérable. Bien que nous ne tenions pas de véritables statistiques en la matière, les survivants que nous avons rencontrés étaient pour la plupart plus débrouillards que la moyenne ; nous concernant, notre survie est à mettre sur le compte de nos études de médecine.

Pour ma part, j'ai appris à soigner une blessure par balle. Florent, en dépit du fait qu'il n'ait qu'une année d'école de médecine au compteur, a pour lui les réflexes des soins rudimentaires : le sucre et la glace permettent en l'occurrence d'accélérer la coagulation et limiter la perte de sang. Le sucre, en outre, lutte efficacement contre la plupart des bactéries.

— McDo propose des cafés, non ? fais-je remarquer, comme l'idée me traverse l'esprit.

— Oui. Ils sont même plutôt bons, contrairement à ce que servent les PMU du coin.

Nous perquisitionnons du côté du percolateur. Dans l'étagère sous la machine, nous finissons par dénicher des sachets d'aspartame et de sucre.

— Bingo.

J'empoche au passage un sachet en plastique toujours scellé contenant des fourchettes et des couteaux jetables, ainsi qu'un paquet de serviettes sous film plastique. Il y a mieux en matière de kit de chirurgie, mais au moins les ustensiles sont propres.

Lorsque mon regard s'attarde sur l'appareil à boisson qui se trouve juste à côté, je remarque une forme arrondie dépassant d'un petit renfoncement.

— Flo, est-ce que tu vois ce que je vois ?

À deux, nous réussissons à extraire la bonbonne de gaz de son logement.

— Du CO_2, lis-je sur le métal argenté.

— Sous pression. Pour gazéifier les boissons…

— Est-ce que tu penses à ce que je pense ?

Il acquiesce d'un air entendu. Le dioxyde de carbone n'est pas toxique, néanmoins son inhalation a un effet analgésique. On en utilise dans les abattoirs pour endormir les porcs en provoquant une hypoxie.

— Je ne suis pas bien sûr de savoir doser ce machin-là, dit Florent.

— À mon avis, il faut y aller mollo. Surtout avec l'alcool qu'on a encore dans le sang…

La bonbonne de CO_2 est munie d'une valve prolongée par un tuyau en plastique jaune. Précautionneusement, je tourne la valve dans le sens des aiguilles d'une montre et dévisse l'embout du tuyau, puis nous faisons rouler le tout jusqu'à la salle de restaurant.

Là, nous nous installons sur le sol et entreprenons de nettoyer nos plaies, nous efforçant d'ignorer les zombies mettant à l'épreuve nos barricades de fortune. J'éponge le sang et examine la cheville de mon mec.

— La balle était de petit calibre, dis-je en détaillant le point d'entrée du projectile. Il n'y a pas eu trop de dégâts. Mais je crois que nous sommes bons pour boiter à vie…

— C'est toujours mieux que d'être morts.

À l'aide d'un couteau en plastique (ou pour être plus exact, *plusieurs* couteaux en plastique), je déloge la balle. Il en fait de même pour moi. En dépit du CO_2 que nous inhalons à grandes goulées, l'opération nous arrache des hurlements de douleur. Une fois l'opération terminée, je déplastifie les serviettes en papier et nous appliquons des pansements de fortune sur nos blessures.

— Comment on va faire pour sortir d'ici ? questionne Florent dans un murmure las.

La rangée d'yeux vides apparaissant et disparaissant dans les interstices entre les barricades entame l'espoir que j'avais l'intention de transformer en réponse.

— Je n'en sais rien, réponds-je avec sincérité.

Un silence s'installe.

Nous nous échangeons le tuyau relié à la bonbonne de CO_2, un peu comme on se passe un joint. Ma tête tourne et le bas de mon corps m'élance, mais je sais que c'est bon signe. Mon système circulatoire fonctionne normalement, charriant du dioxyde de carbone dans tous mes muscles, amoindrissant la douleur.

Au bout d'un moment, l'esprit nimbé d'une chape cotonneuse, nous nous mettons même à chantonner un vieux titre de Tennessee Ernie Ford, les yeux levés au plafond comme des drogués en plein trip :

— *Il est là, dans le coin, son canon bien droit...*

— *Je regarde par la fenêtre, et derrière le portail...* enchaîne Florent.

— *Je vois courir dans l'herbe de gros lapins bien gras... Attends un peu...*

— *... qu'ils entendent rugir mon vieux fusil...*

Nous entonnons ensemble le refrain, dans lequel il est bien entendu question de tirer dans le tas. Le dioxyde de carbone nous embrume l'esprit et nous nous laissons aller pendant un certain temps. Ensuite, pour une raison que je ne m'explique pas (mais notre frustration sexuelle à tous les deux n'y est peut-être pas étrangère), nous nous retrouvons chacun la main dans le caleçon de l'autre, nous masturbant sur l'air enthousiaste de *Waiting For The End Of The World* d'Elvis Costello...

Il y a un bruit de vitre volant en éclats, suivi de râles et d'ahanements.

Nous nous redressons derechef, toute pensée grivoise évaporée et nos sens en alerte. L'avant-bras d'un zombie apparaît entre deux tabourets. La barricade tient bon, mais bientôt, d'autres fenêtres de la salle de restaurant éclatent. Une forêt de bras et de mains rachitiques surgissant par tous les interstices se met à brasser l'obscurité.

Et la porte d'entrée commence à fléchir...

Sans perdre une seconde, nous traversons la salle et appuyons de tout notre poids contre la table qui bloque l'ouverture. Arc-boutés contre le formica, nous sentons les coups de boutoir des zombies galvanisés à la perspective de ce snack aux allures d'*after* morbide.

— Ça se présente mal, prophétise mon mec d'un ton lugubre. Qu'est-ce qu'on fait ?

Dans un réflexe vain, je fouille les lieux du regard, à la recherche de quelque chose pouvant servir d'arme. Ce qui me permet de découvrir que nous ne sommes plus seuls. Une ombre mouvante se déplace sur les pans de travail en inox de la cuisine, derrière le comptoir...

— Flo, ils sont entrés, je souffle, horrifié.

Il ne me faut pas longtemps pour comprendre que nous n'avons pas vérifié si le fast-food comptait d'autres accès. *Comme une porte de derrière…*

Un quinquagénaire joufflu, évoquant un touriste allemand dans sa chemise à fleurs, fait irruption dans la cuisine. Dès qu'il nous repère, le mort-vivant dévoile une rangée bien alignée de dents ensanglantées et se dirige droit sur nous…

— Qu'est-ce qu'on fait, *qu'est-ce qu'on fait ?* répète Flo, un trémolo apeuré dans la voix.

— Je ne sais pas…

Résignés à notre situation aporétique, main dans la main, Florent et moi interrogeons notre mort prochaine.

Qui ne vient pas.

Un rai intense de lumière blanche se découpe sur le contreplaqué du plafond et, tout à coup, une nuée de balles déchiquète l'air tout autour de nous – ainsi que le touriste allemand. La table bloquant l'une des fenêtres sur notre gauche tombe au sol, en morceaux, et la lune pénètre à nouveau dans la salle de restaurant sans qu'aucun membre putréfié ne l'accompagne. Je fais un pas de côté pour jeter un œil sur le parking.

Une voiture familière tourne en rond, décrivant des cercles autour du fast-food. La gueule d'un fusil d'assaut dépasse de l'une des vitres, nourrissant copieusement nos assaillants. Soudain, j'aperçois un visage glabre et familier émergeant de la vitre arrière du véhicule.

— Sortez de là, on vous couvre !

C'est Alice.

Il faut d'abord démonter ce qu'il reste de notre barricade de fortune pour nous frayer un passage. Florent se contorsionne pour franchir la fenêtre. À l'extérieur, il chancèle au milieu d'un tas de cadavres constellés d'éclats de verre. La grosse Volvo gris anthracite s'arrête à notre hauteur, le moteur grondant. La porte arrière s'ouvre et Alice bondit de la bagnole pour courir à notre rencontre. Remarquant que mon mec est blessé, elle lui demande s'il peut marcher. Quand il marmonne que oui, elle m'aide à me faufiler par l'encadrement de la fenêtre à mon tour.

— Les autres ? interroge l'adolescente en descendant un zombie qui vient de surgir du local à ordures.

Mon cerveau noyé d'endorphines tente de traiter cette requête. *Les autres.* Où sont les autres ? Enfin, la réponse s'impose : tous morts. Il n'y a plus que nous.

Je secoue la tête sans aucune ambiguïté.

Nous claudiquons sur le parking. Avoir retiré la balle de mon mollet a considérablement amoindri la douleur. La vitre conducteur de la Volvo se baisse pour révéler Gisèle, le dos voûté derrière le volant, un Glock à la main.

— Montez, les jeunes. Nom de Dieu, regardez-vous, qu'est-ce qui s'est passé dans ce foutu Mammouth ?

Son 9 mm rugit, visant les morts-vivants qui se sont tous désintéressés du fast-food pour nous donner la chasse.

— Vous ne pouvez pas savoir à quel point ça fait plaisir de vous voir, dis-je dans un soupir de soulagement.

Je manque d'ajouter : « Mais où est-ce que vous étiez passées, bon sang ? »

— Il faut se tirer d'ici et vite, nous exhorte Alice en contournant le véhicule. Il y en a d'autres qui rappliquent.

Nous ne nous faisons pas prier. J'aide Flo à grimper, le poussant sans ménagement sur la banquette arrière, et me jette dans la voiture avant de claquer la portière sur moi. Celle d'Alice claque de concert. Davantage par pitié que par réelle nécessité, Mère-grand vide son chargeur sur le duo de zombies lancé à nos trousses : les deux petites formes en piteux état sont Thomas et Elawen, les enfants Prigent. Toujours vêtus de leurs pyjamas, ils ont dû être attaqués au début de la nuit, vraisemblablement mordus dans leur sommeil. Piètre consolation que de savoir ça...

Elle démarre ensuite en trombe comme les premières lueurs du jour se mettent à poindre à l'est.

L'AUBE

"La fonction du cortex est d'exercer sa censure. Censure qui, pendant des milliers, des millions d'années, ne s'est appliquée qu'aux sens. Et qui, avec le temps, en est venue à s'ériger contre les instincts avant de s'installer, au stade terminal, aux portes mêmes de la conscience pour lentement remplacer nos besoins et nos désirs les plus élémentaires par un ensemble de décisions déterminées par les conventions sociales.

Oui, notre civilisation était malade ; les zombies l'ont radicalement guérie, d'une certaine façon. La question est : qu'allons-nous faire de ce remède ?"

Pr. Joseph Heuvelmans
(Journal personnel, entrée du 5 mars 2014)

CHAPITRE 6

La Volvo 240GL est l'espèce type du taxon des bagnoles increvables. Très en vogue à la fin des années quatre-vingt, le modèle est équipé d'un moteur Diesel qui n'a pas été conçu par le constructeur suédois, mais par Volkswagen. La routière peut donc se prévaloir à la fois de la robustesse scandinave et de la qualité allemande. Pas le genre de bagnole bardée de gadgets électroniques, non. Pas même la direction assistée. Juste une voiture bien boulonnée, solide et fiable, à l'épreuve de tout – y compris de la conduite de Gisèle, qui ignore superbement le marquage au sol comme les limitations de vitesse, pour le peu de sens qu'ils aient encore.

La vieille dame et Alice écoutent notre compte rendu des événements de la soirée, puis Mère-grand nous raconte ce qu'il s'est passé après qu'elle nous a croisés dans le couloir du premier étage. Norbert n'avait pas de problème avec sa radio : Monsieur Panou l'avait massacré. À mains nues, selon toutes apparences. Le pick-up et le sbire de Lenhardt avaient disparu et des morts-vivants investi les lieux. Prise au piège à l'arrière du magasin, Mère-grand a tenté un baroud d'honneur, mais s'est rapidement trouvée à court de munitions.

— Sans l'intervention d'Alice, j'y restais.

L'adolescente tourne vers nous son visage ciselé et encadré de mèches bleues, tout droit sorti d'un manga de Satoru Ozawa, et explique :

— J'étais sortie faire un peu de jardinage.

Je fronce les sourcils.

— Du *jardinage* ? Au milieu de la nuit ?

Alice et Mère-grand avaient aménagé une ancienne serre derrière le supermarché. Elle nous servait de cache d'armes, mais on y faisait également pousser des plants de tomates et des légumes.

Ainsi que quelques pieds de cannabis…

— D'accord, peut-être pas vraiment du jardinage, rectifie-t-elle. Plutôt de la récolte…

— Tu étais sortie te défoncer ? aboie Florent.

— Rappelle-moi un peu qui était censé surveiller ces nazillons ? réplique sèchement Gisèle.

Mon mec se le tient pour dit.

— Quand j'ai entendu les coups de pétoire, continue l'adolescente, je suis sortie et j'ai trouvé Mère-grand aux prises avec ces saletés. On a essayé de joindre les autres par radio, mais tout le monde était aux abonnés absents.

Le talkie-walkie était resté dans notre chambre.

Alice et Gisèle sont ensuite retournées à la serre, ont pris toutes les armes et munitions qu'elles étaient capables de transporter, puis se sont dirigées vers le garage où était stationnée la Volvo…

— Alors, c'est vous qui l'aviez prise ?

— Notre plan était de contourner le supermarché pour rentrer par le hall. Mais *ils* étaient encore là…

— L'Équipée Sauvage ?

Mère-grand opine du chef.

— Une partie d'entre eux, du moins. Leurs bagnoles attendaient sur le parking, tous phares éteints.

Alors, elles ont attendu elles aussi, garant la voiture dans un chemin de terre un peu à l'écart. Ensuite, elles ont vu le centre commercial exploser. Ému, je leur explique comment Jean-Christophe a couvert nos arrières en faisant s'effondrer une partie du toit.

— Sacré petit gars, chuchote respectueusement Gisèle en hochant la tête d'un air solennel.

— Quand tout a pété, on s'est dit qu'il n'y avait plus rien à faire, conclut Alice.

— Attendez, où est-ce que vous étiez pendant que ces enfoirés nous dépouillaient ? interroge Florent tout de go. Qu'est-ce que vous avez fait ensuite ?

Elles échangent un regard indéchiffrable.

— La seule chose sensée dans notre situation, finit par répondre Gisèle.

— C'est-à-dire ?

— On s'est fumé un putain de joint.

— *Quoi ?* s'indigne Flo. On était sur le point de servir de snack à ces saloperies et vous étiez en train de triper ?

— Hé, je te signale qu'on ne savait pas que vous étiez encore en vie, se défend Alice.

Une fois revenues du pays des merveilles, elles ont eu l'idée de revenir sur leurs pas pour sauver ce qui pouvait encore l'être et amasser quelques vivres en prévision de la route qui les attendait. Ce n'est qu'en voyant les zombies attroupés autour du McDonald's qu'elles ont compris qu'il y avait peut-être d'autres survivants.

— Les zombies sont peut-être cons, mais pas au point de vouloir bouffer du McDo, ironise Mère-grand.

Une autre question me brûle les lèvres, que je formule à voix haute :

— Pourquoi avoir laissé entrer les zombies ?

— Pourquoi avoir laissé entrer ces fumiers en premier lieu ? rétorque Florent, acerbe.

J'ignore sa pique et son regard noir, et poursuis :

— Ce qu'ils ont fait n'a aucun sens. Ils pouvaient nous abattre dans notre sommeil et se rendre maîtres des lieux sans difficulté. Le fait est qu'ils n'ont pris ni eau, ni vivres, ni même l'essence que nous gardions sur le toit. Tout au plus quelques armes et des munitions. Ensuite, ils ont abandonné le supermarché aux zombies, comme s'ils s'en contrefichaient. Pourquoi ?

— Parce que ce ne sont rien de plus que des fachos sadiques, voilà pourquoi.

Je ne pousse pas plus loin le sujet et la conversation en reste là, même si je ne parviens pas à me départir du sentiment que quelque chose nous a échappé à tous dans cette étrange manœuvre.

Gisèle renifle bruyamment en haussant les épaules.

— Des gens meurent tous les jours, tués par des morts ou par des vivants. Ça n'a plus d'importance.

À ce stade, je crois devoir préciser que Gisèle n'est pas le genre de personne à qui on décernerait l'Oscar de l'empathie – ni le prix de la Grande-mère de l'Année.

Il y a environ six mois, quand on ne formait encore qu'un trio, Alice, Flo et moi avons visité une ferme dans un coin de campagne du côté de Collinée, avec pour projet de siphonner les réservoirs des machines agricoles que nous pourrions trouver.

Il ne nous a pas fallu longtemps pour nous rendre compte que quelqu'un s'était déjà servi et encore moins longtemps pour découvrir que ce même quelqu'un hantait toujours les lieux. Gisèle paraissait frêle et inoffensive, et j'ai tout de suite pensé que la vieille dame avait survécu à l'apocalypse par accident – en se trouvant au bon endroit au bon moment, quelque chose dans ce goût-là. Peut-être habitait-elle ici et n'avait-elle jamais quitté cette ferme.

Elle nous a invité à boire un café, mais après avoir parlé de la pluie et des zombies pendant un moment, son attitude a changé du tout au tout. Les épaules voûtées se sont redressées, les genoux dénoués comme par magie, et le masque de la gentille vieille dame est tombé. D'une voix qui n'avait plus rien de chevrotante ou sénile, Gisèle a asséné en nous dévisageant à tour de rôle :

— Nom de Dieu, il va *vraiment* falloir travailler votre instinct de survie, les jeunes…

Nous l'avons fixée tous les trois sans piper mot. Elle a fait un signe du menton en direction des petites tasses en porcelaine sous notre nez.

— Vous ne vous êtes pas inquiétés une seconde de ce que j'aurais pu mettre dans ce café ? s'est-elle étonnée.

Livide, Flo a balbutié d'un ton craintif :
— Que... qu'est-ce que vous avez mis dans le café ?
— Rien du tout, petit génie. Mais j'*aurais* pu !

J'étais trop abasourdi sur le coup pour me rappeler de ce qu'elle a invoqué comme explication à ce stratagème, mais il me semble qu'elle a mentionné un film oublié qui parlait d'arsenic et de dentelle. Alice, qui venait de fumer un joint et se fichait pas mal qu'on ait envisagé de nous empoisonner, a professé sa passion pour les vieux films ; Gisèle lui a de son côté avoué que la fumette lui manquait. Une amitié improbable venait de naître.

Florent brûlait néanmoins de savoir ce qui nous avait valu la miséricorde de la vieille dame.

Dans un gloussement, Gisèle a répondu :
— Oh, ça m'aurait crevé le cœur. Vous êtes beaucoup trop mignons, tous les deux...
— Hé ! a rouspété Alice. Et moi, alors ?
— Tous les *trois*, s'est-elle hâtée de corriger.

Nous avons appris que Mère-grand, ainsi qu'elle s'est elle-même surnommée, n'en était pas à son coup d'essai. Faute de véhicule et d'essence pour s'aventurer sur les routes, elle se faisait « livrer à domicile » selon ses propres mots. La vieille dame misait sur son apparence inoffensive pour leurrer les visiteurs autour de son « café arrangé »...

J'ai cru un instant à une réinterprétation moderne de l'affaire de l'Auberge Rouge, et fus rassuré d'entendre que le poison utilisé par Gisèle n'était pas mortel. Il provoquait en revanche une amnésie rétrograde, lui permettant de délester ses invités de quelques litres d'essence, quelques boîtes de cartouche ou de conserve.

Quiconque lui rendait visite reprenait sa route sain et sauf, quoique plus léger, après un bon café et un bon somme… Ce qui nous serait arrivé aussi si la vieille dame n'avait pas décidé de rompre avec cette existence solitaire et de se joindre à notre petit groupe.

Dans la Volvo, un silence s'installe, pendant lequel nous n'entendons plus que les accords rétro d'une vieille chanson de Creedence Clearwater Revival, étouffés par le souffle de la non moins vieille minicassette sur laquelle ils sont enregistrés. La voiture remonte la rue de Penvern, qui part du front de port pour rejoindre la Départementale 786. Au rond-point de la Lan Baston, nous prenons à droite en direction de Lézardrieux. Perplexe, j'interroge :

— Où allons-nous ?

— On va faire la peau à ces fumiers, répond Gisèle.

Je bondis sur mon siège.

— Whoa, une minute…

— Tu n'es pas sérieuse ? intervient Florent.

— Hé, c'est pas ce qui était prévu ! proteste Alice à son tour en se tournant vers la conductrice.

Laquelle enfonce d'un coup la pédale de frein, avant de braquer et d'arrêter la voiture sur le bas-côté, au pied d'un radar automatique envahi par la végétation.

— Cette bande de trous du cul nous a plumés comme de vulgaires poulets et vous voulez les laisser s'en tirer à bon compte ? éructe Mère-grand en affrontant un par un chacun de nos regards réprobateurs.

— C'est du délire, on ne sait même pas où ils sont partis ! je riposte.

— Pontrieux, fait Alice avec aplomb.

Le nom m'est familier – avant de m'embarquer pour la Bretagne, j'avais fait mes devoirs. Située à environ dix-huit kilomètres de Paimpol, il s'agit du terminus d'une ligne de chemin de fer célèbre dans la région, empruntée par une antique locomotive à vapeur Mallet Henschel & Sohn. Cette attraction, la « Vapeur du Trieux », constitue l'unique attrait touristique pour le coin en dehors des côtes. Je questionne Alice :

— Comment tu sais ça ?
— Franklin.
— Le petit enculé qui s'est amusé à jouer au puzzle avec nos chevilles ? siffle Florent.
— Avant mon expédition botanique nocturne, reprend Alice, je me le suis tapé.
— Tu t'es tapé Franklin ? je pouffe, taquin.

Désireuse d'éluder le sujet, elle poursuit :

— D'après ce que j'ai compris, ils veulent gagner la mer en descendant le Trieux.

L'aber, la partie estuarienne du Trieux, est assujetti aux marées, permettant la navigabilité du fleuve sur une vingtaine de kilomètres de la ville de Pontrieux à l'anse du Lédano, et ce par des navires même de fort tonnage.

— Et ensuite ?
— L'Angleterre, j'imagine.

Après une courte réflexion, Gisèle déclare :

— S'ils veulent gagner la mer, ils devront attendre la marée haute, cet après-midi. Ils nous croient morts, ce qui nous donne un avantage. Nous pourrions les prendre par surprise. Franchir le pont de Lézardrieux et rouler jusqu'à Pontrieux en suivant l'autre rive.

— Mais ensuite ? Ils sont dix fois plus nombreux que nous ! Et armés !

— On improvisera quelque chose.

Je grimace.

— C'est ça le plan ? *On improvisera quelque chose* ? La vieille, la goth et les deux éclopés ? Sans vouloir te vexer, on n'est pas dans un film de Quentin Tarantino. Et si c'était le cas, l'histoire ne se terminerait pas vraiment en notre faveur. Tu n'as peut-être pas suivi le match, mais au risque de te refaire un topo, Florent et moi, on a pas mal morflé. Nous ne sommes pas vraiment en état de…

— Écoute, chéri, dit posément Mère-grand, l'histoire n'est *déjà* pas en notre faveur. D'une, la jauge est cassée et j'ignore combien d'essence il reste dans le réservoir. De deux, notre arsenal se résume à trois pistolets, un fusil et une poignée de boîtes de cartouches. Sans carburant et sans munitions, nous ne tiendrons pas deux jours dans cette putain de région. Or, les seules armes et bidons d'essence à la ronde sont en ce moment dans les bagnoles de ces connards. Personnellement, je préfère encore crever en ayant la satisfaction d'emporter quelques-uns de ces enculés avec moi plutôt qu'en faisant les poubelles d'une supérette dans un coin paumé. Ceci dit, si tu as une autre perspective d'avenir à court terme, je suis tout ouïe.

J'ouvre la bouche pour répondre, mais aucun son ne franchit mes lèvres.

— C'est bien ce que je pensais.

Sur ces entrefaites, Mère-grand embraie et tourne le volant pour reprendre la route.

— Qu'est-ce que tu en dis ? je demande à Florent.

Mon mec regarde dans le vague, des flammes dans les yeux et la mâchoire serrée.

— J'en dis qu'on se les fait. Jusqu'au dernier.

☙

Le pont de Lézardrieux remonte au dix-neuvième siècle, mais pas sous sa forme actuelle de pont à haubans ; initialement, il supportait une ligne de chemin de fer. D'une portée de cent cinquante mètres, sa suspension était alors assurée par six câbles, tressés chacun de trois cents brins de fer. À la fermeture de la ligne reliant Paimpol à Tréguier, il a subi une refonte complète : sa portée a été réduite de trente mètres et les obélisques de suspension en maçonnerie supplantés par des pylônes métalliques, érigés sur des piles en béton armé. Une route a été coulée sur le tablier, et son tirant d'air de trente-cinq mètres au-dessus du niveau des basses mers permettait désormais le passage de navires de gros tonnage.

Mais pas de *très* gros tonnage.

Lorsque nous avançons au seuil du pont, le château d'un pétrolier nous domine, haut comme un immeuble de cinq étages, enlacé par des écharpes de brume matinale. Le gigantesque tanker est venu littéralement s'encastrer dans l'ouvrage, défonçant le tablier et réduisant la route à l'état de plaques de goudron acérées dressées comme des formes géométriques échappées d'une peinture expressionniste. Le mât radar et l'antenne radio, désossés, sont entortillés dans les haubans. La cheminée à bande jaune a percuté le pylône et ressemblait désormais à une boîte de conserve pliée. Des entretoises bleu sombre tordues et des galets de goudron jonchent le pont supérieur du navire. Son nom et son port d'attache se découpent en arrière de la passerelle, en lettres rouillées : le *Batillya*, Fos-sur-Mer.

Il ne nous faut pas longtemps pour comprendre que la route est impraticable.

Mère-grand abat un poing rageur sur le volant.

— Et merde ! vocifère-t-elle.

Des silhouettes grises se meuvent lentement derrière les hublots du pétrolier, la section cordes mélancolique de *Twilight Time* dans l'habitacle de la Volvo conférant à la scène une allure de bal des morts.

— Comme diraient les Rolling Stones, on ne peut pas toujours avoir ce qu'on veut, fais-je avec lassitude.

— Qu'est-ce qu'on fait, on laisse tomber ?

L'idée qui me submerge soudain est folle. Insensée, même. Elle me vient alors que je contemple les piles de béton lézardées et les pylônes dangereusement penchés.

— Et si nous leur barrions la route, nous aussi ?

De concert, ils me regardent avec des yeux ahuris. Je m'empresse d'expliquer :

— Le pont a été fragilisé par l'impact. Il est à deux doigts de s'effondrer. Pourquoi ne pas lui donner un coup de pouce ?

— Un *barrage* ? s'exclame Gisèle.

— Pourquoi pas ?

— Pourquoi pas, mais *comment* ? demande Florent.

Pour moi, la réponse va de soi :

— Il doit rester du pétrole dans ce rafiot. *Beaucoup* de pétrole...

Personne ne s'intéresse au pétrole brut en raison de son indice d'octane trop élevé et de sa teneur en résidus bitumeux ; à moins de vouloir recharger une vieille lampe à pétrole ou de disposer d'un système de raffinage de pointe, il n'est d'aucune utilité – exception faite de celle que j'envisage à ce moment précis.

Un sourire démoniaque étire le visage d'Alice comme elle devine ma pensée :

— On fait tout péter !

Mère-grand y réfléchit un court moment avant de se laisser consumer par le même feu vengeur.

— *Ça*, c'est ce que j'appelle un plan.

— Est-ce que je suis le seul à me demander comment on s'y prend pour faire sauter un pétrolier ? lance Florent tandis que nous descendons de voiture.

Alice hausse les épaules en répondant :

— On met le feu, c'est aussi simple que ça. Il y avait toute une collection de Zippo dans la boîte à gants. On en a plein les poches, Mère-grand et moi.

— Non, ma petite chérie, la détrompe Gisèle, ce n'est pas aussi simple…

Sur ces mots, la vieille dame se dirige en marchant vers la rambarde du pont. Nous lui emboîtons docilement le pas, comme une classe en sortie scolaire, et venons nous aligner côte à côte derrière le garde-corps. Je jette un coup d'œil en contrebas et avise une gangue d'un gris sombre, flottant avec indolence dans le ressac du fleuve. Gisèle insère la pointe d'un joint entre les dents qu'il lui reste et l'allume à la flamme d'un desdits Zippo.

— Qu'est-ce que…

— Démonstration, me coupe-t-elle.

Elle prend le temps de tirer une taffe et d'exhaler la fumée. Puis, d'une pichenette, Mère-Grand fait voltiger le pétard incandescent par-dessus le garde-corps.

— Non mais tu es *cinglée* ! s'écrie Alice, hystérique.

L'espace d'une seconde, je me demande sincèrement si l'adolescente s'inquiète du risque de voir l'estuaire se transformer en feu grégeois ou s'offusque simplement de ce que la vieille dame ait gaspillé un joint à peine entamé. Elle répond à cette interrogation en s'élançant comme une dératée en direction de la voiture.

Pour ma part, mi horrifié, mi hypnotisé par le météore avellanaire précipité à la rencontre de la croûte noirâtre d'hydrocarbures, je ne bouge pas d'un pouce.

— Il faut qu'on se tire, ça va sauter ! hurle Florent en m'empoignant par le bras.

— Une minute, fais-je en me libérant de son étreinte.

Le joint atteint l'eau…

Mais rien ne se produit. Le point rougeoyant finit par s'éteindre paresseusement.

— Le pétrole n'a pas un seuil d'ignitabilité très bas, explique Gisèle. Les *vapeurs* de pétrole, si. Le problème, c'est qu'il ne fait pas assez chaud dans ce foutu pays pour que cette saloperie s'évapore.

— Fallait vraiment sacrifier un pét' pour nous le prouver ? bougonne l'adolescente.

— Comment tu sais tout ça ? demande Flo, stupéfait.

La vieille dame glisse un autre joint dans sa bouche avant de répondre :

— National Geographic.

— Un jour, Mère-grand, faudra vraiment que tu me parles du boulot que tu faisais, soupire pensivement Alice.

À chaque fois qu'on aborde son passé, Gisèle élude consciencieusement. Au vu des ressources dont je l'ai vue faire montre, apprendre un jour qu'elle a été agent secret ou quelque chose dans ce goût-là ne m'étonnerait pas.

— Hum, je serais curieux d'entendre ça, en conviens-je, mais je suis encore plus curieux de savoir comment on va s'y prendre pour faire exploser ce truc.

— Très simple. Il nous faut ventiler les cuves, répond Mère-grand. Depuis le temps, elles doivent être saturées de gaz d'hydrocarbures, mais pour qu'ils s'enflamment, il faut que de l'oxygène circule.

— Comme une entrée d'air ?

— Comme une entrée d'air, acquiesce-t-elle. Il doit y avoir un système de dégazage quelque part sur le pont de ce rafiot. Il suffit de mettre la main dessus. Ensuite, il ne nous restera plus qu'à dégainer un Zippo pour envoyer cette grosse barque en orbite.

Je la couve de mon admiration circonspecte.

— National Geographic ?

— Non. *Waterworld.*

CHAPITRE 7

Les bandes de goudron éclaté font office d'autant d'accès au pont du pétrolier.

Je grimpe en premier et ouvre la marche, pistolet à la main. Gisèle m'a confié son arme de poing, un Glock 9 mm. Florent s'est équipé du fusil d'assaut et Alice de son pistolet de poche porte-bonheur, un PX4 Subcompact fabriqué par Beretta. Comme je m'y attendais, plusieurs silhouettes fantomatiques convergent aussitôt dans notre direction, braquant leurs yeux sans vie sur la viande fraîche qui vient de s'inviter à bord. Le Glock répand son œuvre sanglante, emportant un lobe pariétal par ici, une jambe par là.

Si le semi-automatique peut sembler insignifiant par rapport à sa tâche, sa cadence de tir n'en fait pas moins un engin de mort redoutablement efficace. Alice et Florent finissent le travail, tandis que Mère-grand couvre nos arrières.

La perspective de rendre aux fumiers qui viennent de nous doubler la monnaie de leur pièce rend supportable la douleur lancinante dans mon mollet. Jusqu'à un certain point, du moins ; pour Florent comme pour moi, chaque pas est plus pénible que le précédent. Je note mentalement de visiter les armoires à pharmacie que nous croiserons à bord avant de tout faire sauter.

Le pont du *Batillya* est un beau foutoir : on trouve du métal tordu, des excréments et des corps, plus ou moins intacts, dans tous les coins. Ainsi que quelques zombies. Nous nous hâtons de dénicher une écoutille pour pouvoir pénétrer dans le navire et économiser nos munitions. En longeant une série de hublots, je finis par trouver un panneau arborant une inscription illisible et dois forcer son ouverture, tant la rouille en a déformé l'encadrement.

— Fais gaffe, m'enjoint mon mec.

L'écoutille bée sur une coursive sombre. J'emprunte un Zippo à Mère-grand, l'allume et en promène la flamme à bout de bras devant nous. La lumière vacillante révèle des taches de sang sur les murs et des flaques poisseuses sur le sol. D'un manche à air caverneux monte une odeur pestilentielle. *La routine, en somme...*

Au milieu de la coursive, un escalier raide disparaît dans l'obscurité aussi bien au-dessus qu'en dessous du niveau auquel nous nous trouvons.

— En haut, en bas ?

— En haut, indique Mère-grand. La timonerie doit se trouver au dernier étage.

Elle a l'air de savoir de quoi elle parle ; moi, je n'ai jamais mis les pieds sur un bateau, à l'exception peut-être du galion pirate de Disneyland Paris. Je m'en remets à son jugement et me hisse en agrippant la rambarde.

À l'étage supérieur, une autre coursive, flanquée de plusieurs portes, s'enfonce dans les ténèbres. Mère-grand suggère que nous continuions à monter, mais je l'arrête. Sur l'une des portes est écrit, en lettres rouge vif, le mot « INFIRMERIE ».

— Si ça ne vous fait rien, Florent et moi allons faire un peu de shopping, dis-je.

— Ne traînez pas.

L'endroit est impeccablement tenu, les médicaments scrupuleusement classés par familles. Nous dévalisons les tiroirs d'analgésiques et mettons la main sur quelques morphiniques légers, de l'alcool à 90°, des pansements et des compresses. Faute de place dans nos poches, nous devons nous résoudre à laisser derrière nous pas mal de choses utiles. Sitôt approvisionnés, nous prenons tous les deux quelques comprimés de tramadol.

L'étage suivant comprend une sorte de mess meublé de tables cabossées et de chaises renversées. Une porte battante dotée d'un hublot rond donne sur les cuisines. Le mur du fond a essuyé plusieurs coups de feu ; un poster pendouille de la cloison criblée de trous, retenu seulement par une punaise. Une télé éventrée complète le tableau.

— Oh, oh, fait Florent.

En pivotant, je vois une paire d'yeux ophidiens qui nous scrute depuis l'une des tables en inox. Je braque réflexivement le Zippo dans leur direction. *Un chat.* Le miaulement qu'il pousse suffit à nous faire comprendre que la bête n'est plus du monde des vivants. Son poil gris, hirsute, se met à onduler. Il se dandine quelques secondes avant de bondir en sifflant. Un feu nourri le réceptionne : quand ses pattes touchent à nouveau le sol, c'est à trois mètres les unes des autres. Alice, quelque peu surprise par l'attaque du félin, étouffe un juron.

— Ces saloperies ne sont pas censées porter malheur sur un bateau ?

— Il a dû arriver après, commente Florent.

Sans le vouloir, mon mec a soulevé un lièvre. En montant à bord, je me suis naïvement imaginé me trouver nez à nez avec des matelots zombifiés, du style brutes épaisses de fond de cale prêtes à en découdre, une grosse clé à mollette sur l'épaule – ou alors en chemise en coton à raies blanches et bleues et bâchi à pompon rouge, façon publicité pour Dior. C'est parfaitement idiot : ce navire est vraisemblablement échoué ici depuis des mois. Qui sait ce qui peut grouiller dans ses entrailles à présent…

Nous continuons notre ascension et la timonerie, au dernier étage, confirme mes craintes. Les locataires des lieux comptent une jeune majorette (en panoplie complète, justaucorps et bâton) et un gendarme. Je descends le condé en premier, par précaution. Les morts-vivants sont mus par une sorte d'instinct archaïque les poussant à répéter des gestes qu'ils avaient l'habitude de faire lorsqu'ils étaient encore en vie ; je ne voudrais pas que celui-ci retrouve tout à coup ses réflexes de stand de tir. Alice s'occupe de la majorette. Se penchant ensuite sur le cadavre défiguré, elle prend un air pensif en s'interrogeant à voix haute :

— Hum. Je me demande si je n'étais pas à l'école avec celle-ci…

Gisèle inspecte les lieux d'un œil scrutateur. Le soleil matutinal filtre par de grandes vitres crasseuses. Devant nous s'étalent de larges consoles de navigation. Tous les écrans sont éteints. Des panneaux électriques, piqués par la rouille et souillés par une espèce de moisissure jaunâtre, dament les murs. Je fais alors remarquer que le *Batillya* ne semble pas posséder de gouvernail.

— Au milieu de la console principale, indique Gisèle.

— Un joystick ? dis-je, sincèrement étonné.

— À quoi tu t'attendais, Popeye ? Une barre à roue ?

— Non, je n'en sais rien. Plutôt un volant, ou quelque chose dans ce goût-là…

— Mais, euh, on peut vraiment manœuvrer un engin pareil avec… ça ? questionne Florent.

— C'est exactement ce que j'ai dit à mon ex-mari, la première fois, ricane la vieille dame.

Une grimace dégoûtée déforme le visage d'Alice.

— Beurk, Mère-grand, on veut pas savoir ce genre de trucs. Et fais tourner, au lieu de raconter des conneries, ajoute-t-elle en tendant la main.

Gisèle glisse le joint entre les doigts de l'adolescente, avant d'annoncer :

— Je vais essayer de remettre du courant. Pendant ce temps-là, occupez-vous de…

— Tu sais comment faire ? je m'exclame, épaté.

— Non. C'est pour ça que j'ai dit *essayer*, petit génie. Le fait est que les systèmes de dégazage sont conçus pour fonctionner même en cas d'avarie majeure du navire ou de défaillance électrique…

— Comment tu sais tout ça ?

— Tout ce que je sais, c'est que si les ingénieurs qui ont construit ce rafiot n'étaient pas des glandus, on devrait pouvoir trouver un générateur de secours quelque part, avec une commande à portée de main. Logique.

— On ne t'a jamais confondue avec madame Spock ? plaisante Florent.

— Tes références sont encore plus vieilles que moi… Bon, je vais fouiner un peu. Pendant ce temps-là, tâchez de trouver la commande de dégazage.

Et sur cette consigne, elle disparaît par l'écoutille par laquelle nous sommes entrés.

De notre côté, nous entreprenons donc d'épousseter les inscriptions sur les panneaux électriques. Certains mots et acronymes n'ont aucun sens pour nous, mais d'autres s'avèrent heureusement faciles à deviner ou interpréter. Les dessins et unités de mesure aidant, nous parvenons à identifier les cadrans et boutons permettant de contrôler le fonctionnement des turbines de propulsion, ainsi que ceux des turbo-alternateurs produisant l'électricité. En mon for intérieur, je songe que nous avons de la chance d'être tombés sur un pétrolier français et non un bâtiment battant pavillon qatari… Au terme de seulement deux minutes de recherches, Florent met dans le mille.

— *Déballastage, dégagement d'air*, lit-il à voix haute.

Gisèle se montre synchrone, car, au même moment, les plafonniers reprennent vie en ronronnant, la brusque hausse de tension faisant éclater la moitié des ampoules. Les diodes des voyants multicolores s'éclairent, illuminant les panneaux électriques comme des sapins de Noël, et les écrans des ordinateurs grésillent en ressuscitant.

Quelques secondes plus tard, Mère-grand revient dans la timonerie en annonçant :

— On tourne sur le générateur de secours et je ne sais pas de quelle autonomie il dispose, alors ne perdons pas de temps, voulez-vous !

Elle vient se planter devant le panneau commandant le système de dégazage, étudie les boutons, inscriptions et étiquettes collées çà et là. Puis la vieille dame demeure un long moment pensive, ignorant manifestement la marche à suivre. À bout de patience, Florent suggère de les essayer un par un. Alice avance un doigt pour presser un bouton au hasard, mais Mère-grand l'en dissuade :

— Ne touchez à rien, j'ai une bien meilleure idée. Trouvez-moi de la Super Glu.

Sans trop chercher à comprendre, je m'introduis dans le bureau adjacent – apparemment celui du capitaine. J'ouvre les tiroirs un par un, mettant la main sur des listings aux feuillets jaunis, une agrafeuse et une paire de ciseaux. À mon immense satisfaction, je trouve aussi une arme – un PAMAS G1 chambré en 9 mm, à la crosse d'un noir mat. Cinq boîtes de cartouches sont entreposées dans une petite armoire métallique près du hublot.

— Alors, ça vient ? s'impatiente Gisèle.

Une fois le semi-automatique bien au chaud dans mon jean, j'épluche le contenu de l'armoire : blocs de Post-it et paquets de feuilles A4 gondolés, stylos, tampons encreurs, ciseaux… et tubes de colle.

— N'importe quelle colle ferait-elle l'affaire ? J'ai de la UHU, le genre qu'on trouve à l'école primaire…

— Non. Il faut de la colle cyanoacrylate.

Je soupire, reprenant mes recherches. Près d'un gros rouleau d'adhésif argenté, je déniche enfin de la glu.

— Deuxième démonstration de la journée, les jeunes, déclare Mère-grand en déballant le tube de colle forte.

Dans un réflexe acquis, nous nous écartons, comme si la vieille dame s'apprêtait d'une façon ou d'une autre à faire exploser le panneau électrique.

Il n'en est rien.

Brandissant son Zippo devant elle, l'astucieuse Gisèle fait goutter la glu sur la flamme. Les premières secondes, rien ne se produit. Puis une fumée blanchâtre, à l'odeur nauséabonde, s'élève. Mère-grand souffle délicatement sur le plumet chimique pour l'orienter vers le panneau devant elle jusqu'à ce que, sous nos yeux ébahis, de petites taches blanches apparaissent sur les boutons poussoirs. Elles ont la forme d'empreintes digitales…

— Merde alors, souffle Alice, impressionnée.

— Laisse-moi deviner, fais-je. *Mac Gyver ?*

Tout en poussant les boutons, Gisèle nous dévoile :

— Un vieux truc de flic.

— Tu étais flic ?

— En quelque sorte.

Nous la regardons faire, admiratifs. Un grincement nous parvient de l'extérieur et nous nous postons derechef aux fenêtres… Notre sourire s'efface quand, par delà les mâts de charge et les traverses qui s'estompaient dans la brume, nous voyons ce que je suppose être l'écoutille de dégagement d'air glisser sur son rail à la proue du navire.

Deux cents mètres plus loin.

— Merde, lâche Florent.

— Je ne m'attendais pas à ça, admet Gisèle, dépitée.

Abattu, je soupire à mon tour :

— Si près du but…

— Hé, attendez, lance Alice, je ne vois pas où est le problème… Pourquoi on ne marcherait pas jusque là-bas ?

— Dit celle qui a encore deux jambes, ironise Flo.

— Ce n'est pas le seul problème, dis-je calmement. L'avant du bateau nage littéralement dans le pétrole. Nous n'aurons jamais le temps d'en redescendre avant le grand feu d'artifice…

L'adolescente se renfrogne dans une moue frustrée qui ne dure qu'un instant ; l'instant suivant, ses yeux clairs s'agrandissent et elle claque des doigts comme une idée lui traverse l'esprit.

— Ce qu'il nous faudrait, c'est une sorte de bombe à retardement, pas vrai ?

— Ne me dites pas qu'il y avait aussi du C4 dans la boîte à gants de cette fichue bagnole, pouffe mon mec.

— Nous n'avons rien qui puisse de près ou de loin faire office de minuteur, déplore Mère-grand en secouant la tête catégoriquement. Ni même d'explosif, soit dit en passant, ma chérie.

— On n'a pas besoin de quelque chose de puissant, oppose Alice. Juste de quelque chose de *lent*.

Je cherche à comprendre où elle veut en venir :

— Tu parles d'une sorte de réaction chimique ?

Elle acquiesce d'un air énigmatique. Un sourire rusé se dessine sur ses lèvres.

— Et je sais exactement où trouver ce dont on aura besoin. Suivez-moi.

Nous redescendons l'escalier. L'adolescente traverse le mess pour se diriger vers la cuisine. Tandis que nous montons la garde, elle fouille les placards et les étagères, ponctuant sa recherche de « beurk » et de « dégueu… ». Alice écarte tout un tas d'ustensiles des plus inutiles aux plus insolites en soupirant. Sa perquisition est néanmoins couronnée de succès ; poussant un petit cri de victoire, elle revient à nous en exhibant fièrement ses trouvailles : une bouteille en plastique, de la feuille d'aluminium et du produit nettoyant industriel. La bouteille d'un litre arbore les logos « Corrosif » et « Nocif ».

Flo considère l'adolescente avec scepticisme.

— Tu n'aurais pas reçu un kit de petit chimiste à Noël, par le plus grand des hasards ?

— Je ne suis peut-être pas une sorte de flic… (Elle adresse un clin d'œil entendu à Mère-Grand.) Et je n'ai pas fait d'études, mais on apprend aussi deux-trois trucs quand on grandit dans une cité HLM… Démonstration.

Ramassant un gobelet qui traîne sur le sol, Alice y verse quelques millilitres du nettoyant industriel, découpe de fines lamelles de papier aluminium qu'elle fait baigner délicatement dedans et va placer le tout sur une table tout au fond du mess. Enfin, elle pose un plateau par dessus, s'éloigne au trot et commence à décompter à voix basse.

Nous patientons.

Au bout d'un long moment, le dispositif artisanal se met à fumer, siffler, et explose enfin dans un *bang* sonore, fendant le plateau en deux morceaux aux bords noircis. De concert, nous hochons la tête avec satisfaction, comme des chefs d'état-major convaincus par un tir d'essai de missile.

— Ses démonstrations sont plus spectaculaires que les tiennes, Mère-grand, dis-je pour la taquiner.

— Un peu plus de trois minutes, annonce Alice.

À mes côtés, Florent se racle la gorge.

— Je voudrais être sûr d'avoir bien compris. Une fois que nous aurons balancé ce truc dans la cuve, à l'*avant* de ce rafiot, nous aurons trois minutes pour en descendre par l'*arrière* avant l'orgie pyrotechnique ? Tu ne trouves pas que c'est un peu serré comme timing ?

De la poupe à la proue, le *Batillya* est long comme deux terrains de football – une distance que Florent et moi ne pourrions jamais courir, même avec des analgésiques.

Gisèle jette un œil en coin à l'adolescente.

— On dirait qu'il va falloir terminer ça entre filles.

— Tu peux encore courir ? la nargue Alice.

— Si je pouvais plus courir, il y a longtemps que je déambulerais dans les rues avec toutes ces saloperies.

Mère-grand se tourne vers mon mec et moi, guettant notre approbation. Réverbéré par les parois en métal, un mugissement assourdi monte des entrailles du navire, nous rappelant à l'ordre.

— C'est entendu, dis-je en opinant du chef. On vous attendra au pied du château pendant que vous jouerez les pyromanes. Allons prendre l'air.

L'escalier principal descend jusqu'en dessous de la ligne de flottaison du *Batillya* et une odeur de moisi monte de l'entrepont ; nous décidons de ne pas nous aventurer plus bas. Au troisième niveau inférieur, nous jetons notre dévolu sur un long tunnel s'enfonçant dans les ténèbres en direction de la proue, espérant trouver un accès au pont principal du pétrolier. Nous débouchons sur une coursive étroite dans laquelle courent plusieurs câbles, retenus par des supports métalliques. Quelques résidents indésirables me donnent l'occasion d'inaugurer le PAMAS, qui s'avère aussi maniable qu'efficient. Des canalisations suivent le plafond et, sur les conseils de Gisèle, nous les longeons.

La coursive aboutit à un large puits vertical dont nous gravissons l'échelle. Prudemment, je soulève l'écoutille que je découvre au sommet et inspecte les lieux avant de me hisser dans une sorte de local de service exigu, vide à l'exception de rouleaux de câbles et de quelques tronçons de tuyaux rouillés.

— La voie est libre.

L'une des cloisons est percée d'un soupirail à ailettes par lequel se découpent des rayons de soleil ; une autre est dotée d'une porte. Une inscription à côté indique : « PONT PRINCIPAL – SÉPARATEUR ». Nous manoeuvrons le volant d'ouverture et le panneau pivote en grinçant, révélant le pont du *Batillya* léché par le soleil rasant du matin.

Nous convenons d'attendre le retour d'Alice et Gisèle à hauteur du séparateur, un gros ensemble de pipelines et de réservoirs s'étendant de bord à bord au pied du château du navire. L'adolescente transvase le produit hautement corrosif, que je soupçonne être de l'acide chlorhydrique, dans la bouteille en plastique, avant de plier quelques bandelettes d'aluminium qu'elle glisse dans sa poche.

— Si on n'est pas revenues dans cinq minutes et que ça sent le cramé, déguerpissez, nous recommande Gisèle.

— Et comment, fait Florent.

— Faites attention à vous.

Nous les regardons rapetisser au loin. Les guindeaux bordant les deux côtés du pont, chacun de la taille d'une voiture, rappellent les dimensions colossales du *Batillya*. À bord du géant de métal, on voit le monde avec les yeux d'un enfant de cinq ans, et cette impression distille en moi une sensation diffuse de vulnérabilité.

Florent m'alerte d'un coup de coude.

— On a de la compagnie.

Je tourne la tête dans la direction qu'il m'indique. Au sol, près d'une flaque de sang séché, j'avise une paire de bottes dépassant de derrière une grosse conduite.

Les bottes *bougent*.

Nos pistolets tendus devant nous, nous nous avançons avec prudence.

Ce que nous découvrons nous laisse muets de stupeur. Étendu sur le dos, en haillons, le mort-vivant n'a presque plus de peau, pas plus que de chair. Une touffe brune jaillit du sommet de son crâne. Que la dépouille décharnée soit quasiment réduite à l'état de squelette est inhabituel, parce que les zombies ne pourrissent pas.

Un cadavre dans un pareil état de décomposition ne peut signifier qu'une chose : il était aux portes de la mort *avant* de devenir un zombie – théorie que viennent étayer les sécrétions diverses auréolant le corps. Toutefois, une question pressante persiste : *pourquoi reste-t-il immobile ?*

— Tu as vu ses tendons ? demande Florent, intrigué.

— On ne voit plus que ça, dis-je, vaguement écœuré.

— Non, tu n'as pas compris. *Regarde* ses tendons.

Peu de gens le savent, mais les tendons sont parmi les tissus les plus résistants du corps humain.

Il s'agit de cordons à la texture assez lisse, de couleur blanche, faisant office de liaison entre les os et les muscles et constitués de protéines fibreuses appelées collagènes. Ce qui a frappé mon mec me frappe tout aussi subitement : les tendons du mort-vivant ont *éclaté*. Non, pas éclaté…

— On les a coupés ? je m'exclame, incrédule.

— Très maladroitement. Regarde, certaines incisions se prolongent sur les os.

— Ça explique pourquoi il ne peut pas se relever…

— Ça veut dire qu'elles ont été faites *ante mortem*, donc avant qu'il ne devienne un zombie. Tu ne trouves pas ça bizarre ?

— Je trouve ça glauque.

Le regard du zombie – pour peu qu'il subsiste encore quelque chose dans les orbites du malheureux – va de l'un de nous à l'autre, une bave épaisse et spumeuse s'écoulant de la commissure de ses lèvres.

— Tu te souviens de Verdier ? questionne Florent.

— Le prof d'anatomie ? Verdier-les-Faits-divers ?

— Il nous avait parlé d'un corps, brûlé par un tueur inexpérimenté, qui s'était redressé alors qu'il était en train de cramer, en foutant une trouille de tous les diables au meurtrier. Et tu te souviens de la raison pour laquelle le corps s'était redressé de la sorte ?

— Les tendons, j'acquiesce.

Exposés à une chaleur intense, ceux-ci rétrécissent, faisant adopter au corps une posture pouvant évoquer la position assise…

— Est-ce que tu crois que…

— Oui. Quelqu'un a voulu brûler vif ce type.

— Mais… pourquoi ?
— Je n'en sais rien, avoue Florent.
Je lance à mon mec un regard circonspect.
— On dirait que quelque chose te perturbe…
— C'est un Asiatique.
— Il n'a plus de peau et il lui manque la moitié de ses muscles, comment pourrais-tu…

Il m'interrompt en pointant du doigt l'entrejambe du cadavre. Je roule des yeux en soupirant :
— Tu n'es pas sérieux ?
— Il est avéré que les Asiatiques ne sont pas vraiment montés comme des bœufs.
— Ce sont des statistiques médicales ou simplement ton expérience personnelle ?
— Mais enfin, regarde, elle est tellement petite qu'on dirait un nem !
— Flo, le reprends-je, c'est raciste. Et puis, il pourrait aussi bien être argentin ou sénégalais que ça ne…
— Tu n'es pas du coin, mais je te signale qu'il n'y a pas des masses d'Asiates par ici. Qu'est-ce qu'il fait là ?
— Il est tombé d'un camion ?
— Et c'est *moi* qui suis raciste ? se rembrunit Florent.

Je hausse les épaules avec impuissance.
— Franchement, je plains ce pauvre type, mais je ne comprends vraiment pas ce qui te tarabuste à ce point…

Cependant, à peine ai-je prononcé ces mots que le déclic se fait dans mon esprit. Flo a eu une folle intuition, doublée d'un mauvais pressentiment, auquel je suis moi-même en proie à présent.
— … à moins que…

Les haillons, la maigreur anormale, même pour un zombie, les sévices…

— Oh bordel, jure Florent.

— Un trafic d'esclaves, je murmure, pétrifié.

— Ça existe encore ? Au vingt-et-unième siècle ?

Ça n'existe sans doute plus depuis l'apocalypse, mais avant, le trafic d'êtres humains générait des revenus de plusieurs milliards de dollars dans les pays industrialisés, dont un tiers en Asie lié à l'esclavagisme sexuel.

Toutefois, même si nous sommes dans le vrai, les exactions abominables commises par d'autres sont, à court terme, le cadet de nos préoccupations.

— J'ai honte de le dire de cette manière, dit Florent, mais s'il n'y en a qu'un, ça va. S'il y en a d'autres, et je crois qu'on peut en être certains, où sont-ils passés ?

La réponse nous parvient de l'autre bout du navire sous la forme d'un cri aigu, qui déchire le silence matinal.

Il est suivi de claquements de coups de feu, tirés à une cadence alarmante…

༄

Ainsi que nous l'avons craint, lorsqu'Alice et Mèregrand font leur retour, elles ont de la compagnie. La horde – j'estime le nombre de zombies à quinze ou vingt – a dû surgir des citernes, où les esclaves sont vraisemblablement enfermés depuis un an, peut-être même plus. Étant donnée la longueur du pétrolier, leur échapper ne représenterait pas de gageure particulière si le *Batillya* ne s'était pas très légèrement redressé en venant s'encastrer dans le pont de

Lézardrieux, permettant aux morts-vivants de progresser bien plus rapidement en descente…

Et si quelque chose que nous n'avions pas prévu ne s'était pas produit.

— *Mère-grand est blessée !* crie Alice lorsqu'elle est à portée de voix.

Je prends le temps de les débarrasser du poursuivant le plus proche avant de m'enquérir :

— Est-ce que c'est grave ?

L'adolescente ne répond pas, trop occupée à tenir les morts-vivants à distance. Les pauvres hères décharnés se déploient à présent sur toute la largeur du pont du *Batillya*. De près, les zombies font peine à voir. Pour la plupart, ils sont moins amochés que celui que nous avons découvert sur le pont, mais il semble évident qu'ils sont tous morts d'inanition, en témoigne leur constitution famélique et les ravages de la déshydratation sur leur peau mate.

Nous couvrons Alice et Gisèle d'un ample feu de repli jusqu'à ce qu'elles nous aient rejoints.

Je jette un œil rapide sur la blessure de Mère-grand. Du sang coule de son bras, au niveau du pli du coude, mais impossible de déterminer la nature de la plaie.

— Ça va aller, me rassure-t-elle à la hâte.

— Ouais, tu parles. Combien de temps avant que ça n'explose ? je demande à Alice.

— Quelques secondes maintenant, faut pas traîner.

Nous fonçons vers la poupe et le pont qui l'enjambe. Notre échappée du pétrolier est laborieuse. Exception faite d'Alice, nous sommes trois à escalader maladroitement les poutrelles et autres entretoises dessoudées qui jonchent la partie arrière du *Batillya*. À cause de son bras en écharpe, Gisèle a toutes les peines du monde à se hisser sur les plus gros débris.

La première détonation résonne dans le lointain quand nous posons le pied sur la gangue d'asphalte qui fait office de passerelle et par laquelle nous sommes montés à bord. Je vois la carcasse du navire se soulever, propulsant nos poursuivants dans les airs comme des fétus de paille, puis c'est comme si tout le Trieux s'allumait. Le souffle de l'explosion nous projette en avant et nous terminons notre course en roulant au pied du pont de Lézardrieux, lequel se met à trembler de plus en plus violemment dans un gémissement métallique épouvantable.

Je réalise en tournant la tête que la détonation n'a emporté qu'une partie de la citerne de proue et qu'une chape orangée, comme un raz-de-marée de feu, se propage désormais le long des flancs du pétrolier.

Ainsi, probablement, qu'à l'intérieur…

Alors, je comprends.

— *Couchez-vous !* ai-je tout juste le temps d'intimer à mes compagnons.

Instinctivement, je protège Flo de mon corps. Cette fois-ci, la déflagration est d'une puissance telle que j'ai l'impression que toutes les molécules d'air autour de nous viennent d'exploser en même temps. Le bruit me laisse complètement sourd pendant de longues secondes, tandis que mes paupières et mes oreilles me brûlent. La boule de feu résultant de l'explosion s'élève à plusieurs centaines de mètres de hauteur, avant de se fondre dans un panache de fumée noire comme du charbon.

Le pont de Lézardrieux, disloqué par l'onde de choc, s'effondre.

À moitié couché sur la route, je ne suis pas témoin de l'effondrement à proprement parler. En revanche, je vois distinctement les pylônes en métal s'affaisser dans un bel ensemble, ainsi que la gerbe d'eau qui monte du Trieux quand le tablier du pont se précipite à sa rencontre. Contre toute attente, notre plan dantesque a fonctionné.

J'entends Gisèle marmonner :

— Sacré nom de Dieu, ça en valait la peine.

En souriant, j'approuve d'un hochement de tête.

Mon sourire s'efface dès que j'examine sa blessure au bras, circonscrite par de profondes empreintes teintées de rouge de dents humaines.

Le Jour

"Ils s'insurgent, ils décrient mon travail en qualifiant mon approche d'inhumaine, mais tous se méprennent sur la notion même d'humanité !

Qu'est-ce qui est le plus humain : vivre asservi par des conventions sociales, prisonnier de règles totalitaires édictées par un cortex réprouvant nos instincts les plus ancestraux, ou bien en suivant nos émotions, des pulsions élémentaires qui nous ont maintenus en harmonie avec notre milieu naturel, et ce pendant des millénaires ?

Les zombies ne seraient-ils pas, en définitive, la clé de l'évolution logique de l'humanité ?"

Pr. Joseph Heuvelmans
(Journal personnel, entrée du 17 avril 2014)

CHAPITRE 8

— C'est pas vrai, lâche Florent d'une voix blanche.
— Non… Non, non, *non*…

Consternés par la découverte de sa contamination, nous entourons Gisèle, aidant la vieille dame à épousseter ses vêtements recouverts comme les nôtres d'une pellicule grise de béton et d'asphalte.

— Ça va aller, ne vous en faites pas pour moi, dit-elle d'un ton serein.

— Bordel, Mère-grand, tu vas crever, *non,* ça ne va pas aller ! s'étrangle Alice, ses yeux rouges s'humidifiant rapidement, ses lèvres tordues dans une grimace rageuse.

C'est la première fois que je la vois dans un tel état de colère et de chagrin mêlés.

— Allons, ma chérie, ne te mets pas dans cet état. Ma date de péremption est expirée depuis longtemps, médite Gisèle. Tiens, prends ce qu'il reste de nos petites chéries. Tu les fumeras à ma mémoire…

L'estomac noué par l'émotion, je vois la vieille dame tendre à l'adolescente un sachet en plastique. Il contient des feuilles à rouler, de l'herbe et les rectangles chromés de dizaines de Zippo. Près de moi, Florent a lui aussi du mal à refouler sa tristesse. Je tente de prendre sa main, mais il retire la sienne et renifle en détournant le regard. Mère-grand se retourne pour apprécier l'étendue de la dévastation que nous avons semée dans l'anse du Lédano. Éventré, le *Batillya* gîte presque à flanc en travers du Trieux, réduit à une carcasse fumante de laquelle s'élèvent encore des plumets de flammes. Le pont, pour sa part, n'est plus que gravats et métal déchiqueté.

— Vous savez, ahane-t-elle douloureusement, avant tout ça, je m'attendais à finir mes jours dans un mouroir à la con... Vous m'imaginez, *moi*, passant le reste de ma vie à jouer au foutu Scrabble, entourée de vieux tromblons grabataires ? Ah ! Très peu pour moi... Je préfère crever ici avant l'heure, et je n'échangerais cette mort pour rien au monde. Choisir la façon dont on part est un luxe dont tout le monde ne peut pas se targuer...

Mue par une froide résolution, elle arme son Glock calibre 9 mm et me le tend.

— Allez, fiston. Vise juste et n'hésite pas.

J'ai beau me considérer comme quelqu'un de sensé et rationnel, je suis sur le point de flancher. Je ne sais pas si je suis capable de faire ça. *Pas à Mère-grand...* Quand je prends le flingue, la crosse en bronze manque de me glisser des mains... Ce sont celles, déterminées, de Gisèle qui raffermissent ma prise en enserrant mes deux poignets, comme pour me transmettre un peu de son courage.

— On s'est bien amusés, les jeunes. Je vous souhaite de vivre aussi longtemps que moi... (Elle décoche un clin d'œil complice à Alice.) Et de baiser aussi longtemps !

— Putain, Mère-grand... C'est... Merde, même ça, ça va me manquer...

L'adolescente se jette dans les bras de la vieille dame et l'enlace longuement, secouée de sanglots. Émus, Flo et moi nous joignons à cette accolade d'adieu poignante.

Les yeux mouillés de larmes, Gisèle nous repousse ensuite avec fermeté avant de nous dévisager l'un après l'autre, le doigt brandi d'un air sentencieux.

— Les jeunes, promettez-moi que vous ferez manger leurs couilles à ces fumiers.

— Tu peux être sûre qu'on ne va pas les louper, promet Alice.

— On les aura. Jusqu'au dernier, renchérit Florent.

Je me contente pour ma part d'un hochement de tête, trop choqué d'avoir à mettre fin à ses jours. Sans mot dire, elle prend position face à moi. Lentement, à contrecœur, je lève le lourd canon du semi-automatique, en abaisse le chien et aligne le guidon dans le cran de mire.

Je vais pour presser la gâchette lorsque les yeux de Gisèle s'étrécissent, avant de se porter sur un point situé quelque part sur ma gauche.

— *Attends !* s'écrie-t-elle.

Je suspends mon geste et baisse l'arme, soulagé.

— Je n'aurais pas pu le faire de toute façon...

— Bougre de pignouf, je me trouerais le cuir moi-même s'il le faut, mais je le ferai quand quelqu'un ne sera plus en train de *dévaliser la bagnole* !

Derechef, nos regards se tournent vers la Volvo grise, que le souffle de l'explosion a déplacée d'une bonne trentaine de mètres en contrebas de la route, au point qu'une de ses roues arrière se trouve maintenant dans le fossé. Son torse corpulent enfoui jusqu'aux hanches par l'une des fenêtres, quelqu'un – ou *quelque chose* – fouille le véhicule... Nous braquons nos armes dans sa direction.

— Sortez de là *tout de suite* ! je hurle à son attention.

Il obtempère, ce qui ne suffit pas à nous assurer qu'il ne s'agit pas d'un mort-vivant. Ce n'est qu'une fois ses mains en l'air que nous savons que nous avons affaire à un vandale bien humain. Son visage rubicond et ridé exprime la surprise.

— Ne tirez pas, s'il vous plaît... Je ne suis pas un zombie ! Je suis vivant !

Je manque de rétorquer que, depuis quelques temps, nous nous méfions tout autant des vivants que des morts, mais opte pour une simple mise en garde.

— Laissez vos mains où je peux les voir.

— Je vous en prie, je ne savais pas que... Je croyais que cette bagnole était une épave...

— Il ne vous est pas venu à l'esprit que ce foutu rafiot n'avait pas sauté tout seul ? le rabroue Florent.

— Très franchement, je ne pensais pas que quiconque puisse survivre à ça...

— Techniquement, tout le monde n'y a pas survécu, réplique Mère-grand dans mon dos.

La vieille dame s'avance.

Il se produit alors quelque chose de déroutant : à sa vue, les yeux de l'homme s'écarquillent de stupéfaction et sa mâchoire tombe d'étonnement. Sans que je lui en aie d'ailleurs donné l'autorisation, l'inconnu baisse les bras.

Il murmure :

— Gi… Gisèle ? C'est toi ?

— Salut, Job, répond Mère-grand, nous prenant tous les trois au dépourvu.

— Je veux bien être pendu !

Et tous les deux de se tomber dans les bras, comme de vieux amis.

᯼

Le dénommé Job est un homme ventripotent d'une soixantaine d'années aux cheveux blancs rassemblés en queue de cheval et rasé de près – détail remarquable dans un pays où les rasoirs Bic ne courent plus les rues depuis un moment. Tout dans ses gestes dégage une vivacité et une habileté que l'on ne prête qu'aux survivants les plus aguerris. Mère-grand, toute pensée morbide chassée par ces retrouvailles, s'empresse de nous présenter :

— Les jeunes, voici Job Le Guen. Nous avons servi dans la même brigade, à Guingamp, il y a longtemps.

Je ne peux m'empêcher de me demander de quelle brigade il peut bien s'agir. Le bonhomme incline la tête, nous adressant un sourire penaud.

— Je suis désolé, vraiment, je ne pensais pas que la voiture était…

— Bah, oublie donc la caisse, vieux hibou, le gronde gentiment Gisèle. Qu'est-ce que tu fiches encore ici ? Je te croyais déjà parti loin d'ici avec la *Catin* !

Ai-je bien entendu ?

— La... catin ? je répète.

— La *Catin Mariée*. C'est son bateau, précise Mère-grand à notre attention.

— Oh. Eh bien, enchanté, monsieur Le Guen.

— Enchanté, mais vous pouvez m'appeler Job.

Nous échangeons des poignées de main.

— Et pour répondre à ta question, ma très chère Gisèle, ça n'a jamais été mon intention.

Il marque un silence solennel avant de proclamer, la poitrine gonflée :

— Job Guénolé Le Guen est né en Bretagne, et tous les saints patrons du Trégor et du Goëlo lui soient témoins, c'est en Bretagne qu'il périra, et par la mer, sa dignité de marin sur lui !

— Ouais. Écoutez, sans vouloir vous offenser, Job, on a d'autres chats à fouetter, réplique Alice sur un ton acide.

Il scrute nos visages, y lit de la fatigue, l'abattement, et ne tarde pas à y percevoir de douloureux sentiments.

— Que... que se passe-t-il ?

— C'est une longue histoire, élude la vieille dame.

Je note alors que depuis que nous avons trouvé Job, elle dissimule consciencieusement sa morsure. Elle a aussi essuyé ses larmes. *Gisèle et ses talents d'actrice...*

Le marin n'a apparemment rien remarqué.

« Tout le monde n'y a pas survécu... » Avait-il raté cette phrase ? L'avait-il prise pour un trait d'humour ? Je décide de couvrir Mère-grand pour respecter son choix.

— Disons que la nuit a été longue et que nous avons tous passé de sales moments.

— Ah… Bon, que diriez-vous de venir vous rafraîchir sur la *Catin Mariée* et de me raconter tout ça autour d'un verre ? J'ai accosté à un kilomètre d'ici. En amont, grand bien m'en a pris ! (Il zieute ostensiblement l'amas de débris fumants et de métal déchiqueté qui avaient été un navire et un pont, avant de revenir à nous.) Et puis, vu vos têtes d'enterrement, je parie que vous avez tous foutument besoin d'un remontant…

Nous nous interrogeons silencieusement du regard. Voyant Gisèle opiner du chef, j'acquiesce à mon tour :

— Entendu. Nous vous suivons.

— Oh, fait Mère-grand comme si elle se souvenait tout à coup de quelque chose, nous avons… j'ai oublié des munitions et quelques affaires dans la voiture. Je ne voudrais pas que de *vrais* voyous nous dévalisent pendant qu'on se désasltère… Passez devant, je vous rejoins.

Mes yeux rencontrent ceux de la vieille dame. Je sais pertinemment que nous n'avons *rien* laissé dans la voiture. Je lis dans son regard qu'elle a bel et bien l'intention de faire ce que je pense qu'elle s'apprête à faire ; Gisèle ne lit aucune désapprobation dans le mien. Je comprends qu'elle veut éviter de surseoir à la peine d'Alice plus longtemps, sans parler du choc qu'occasionnerait la nouvelle de sa condamnation à Job.

— Très bien, dis-je en m'efforçant de paraître naturel. À tout à l'heure.

— Parfait. Venez, les jeunes ! s'enthousiasme pour sa part Job en claquant des mains.

Et il ouvre la marche, tandis que Mère-grand s'arrête pour rebrousser chemin une dernière fois.

Notre mentor fait montre d'une bravoure exemplaire, adressant un sourire tendre, réconfortant, à Alice ; à mon grand étonnement, l'adolescente semble non seulement avoir compris ses desseins, mais encore accepté ce crève-cœur. Honorant la force morale de Gisèle, nous jouons son jeu. Discrètement, elle tend la main à hauteur de ma cuisse – à hauteur du Glock dans la mienne.

Une passe furtive, et l'arme a retrouvé sa propriétaire.

— Bon vent, chuchote-t-elle.

— Hé, qu'est-ce que vous avez tous à comploter ? glousse Job Le Guen en se retournant.

Articulant difficilement un sourire, Gisèle répond :

— Je leur disais simplement que c'était… que c'est un plaisir de te revoir, se rattrape-t-elle. Tu m'as manqué, tout ce temps, Job Guénolé.

J'ai du mal à contenir mes larmes en comprenant qu'il s'agit d'un adieu voilé.

— Toi aussi, tu m'as manqué, ma douce…

Ma douce ?

— Je ferais mieux de me dépêcher, déclare la vieille dame après un court silence. Partez. Je n'en ai pas pour longtemps. Allez, ouste ! Et gardez un verre pour moi !

Job hoche la tête et reprend sa marche.

Gisèle nous intime l'ordre muet de nous éloigner. Nous nous exécutons, le cœur lourd. Lorsque je glisse un regard en arrière, je la vois monter dans la voiture et refermer doucement la portière, comme un baisser de rideau pudique. Je me retourne alors en direction de mes compagnons. Ils suivent Job en traînant des pieds, la tête basse, attendant le coup de feu qui emporterait une amie.

Le bruit sec claque dans le silence automnal.

Surpris, Job fait volte-face et ses yeux se plissent.

Il nous voit d'abord nous trois, laissant maintenant échapper nos larmes. Puis il avise le sang qui a éclaboussé la vitre conducteur de la Volvo dans laquelle Gisèle s'est ôté la vie. Job Le Guen veut parler, peut-être même crier, mais, tétanisé par le choc, aucun son ne passe ses lèvres. Le marin tombe à genoux, livide, haletant.

Il lève vers moi son regard perdu, mais Gisèle elle-même n'a pas su trouver les mots…

J'en serais bien incapable moi-même.

Après avoir incinéré à la hâte le corps de la vieille dame et récupéré le pistolet, nous gagnons la rive du Trieux, muets comme des tombes. Il n'y a que mon Breton de petit ami pour savoir quel type d'embarcation est la *Catin Mariée*, la barge en métal m'évoquant pour ma part ni plus ni moins un radeau en tôle rectangulaire…

— C'est une barge anti-pollution, m'apprend Florent.

Job Le Guen, manifestement désireux de mobiliser son esprit sur quelque chose, n'importe quoi, entreprend de nous expliquer le fonctionnement de son esquif. Le pétrole et les déchets sont aspirés à l'avant et passent ensuite par des citernes et des filtres successifs. L'eau épurée sert à remplir un réservoir permanent d'eau douce, tandis que le trop plein est pompé et rejeté à la poupe, faisant ainsi office de système de propulsion écologique remplaçant avantageusement un arbre porte-hélice et le moteur bruyant qui va avec. La *Catin Mariée* est donc non seulement un bateau « propre », mais aussi un bateau à propulsion silencieuse.

Nous invitant dans la cabine de quatre mètres carrés aménagée à la proue, Job nous propose une eau-de-vie à la couleur douteuse. Je conjecture d'abord que les formes noirâtres, oblongues, qui surnagent dedans sont des fruits d'une espèce quelconque, mais le skipper me détrompe :

— Ce sont des frelons.

— Des *frelons* ?

— Hum. À pattes jaunes, pour être plus précis. *Vespa velutina*, le frelon asiatique. Cette saloperie a été introduite en France on ne sait trop comment.

Florent grimace une expression dégoûtée.

— Et vous les faites macérer dans de l'eau-de-vie ?

— Du genièvre. Les grains sont un contrepoison au venin du frelon.

Je ne sais pas si je dois être admiratif ou mortifié. Cependant, dans notre état, n'importe quel aquavit, fût-il susceptible de nous foudroyer sur place, s'annonce le bienvenu. Job Le Guen remplit quatre *shooters* à ras bord, et nous trinquons.

Né parmi les marins, Job Le Guen adore semble-t-il l'histoire régionale, en particulier maritime. Des étagères tapissent toute une cloison de la cabine, pleines à craquer de livres sur la Bretagne et la mer. Un vieux tourne-disque, muni d'un amplificateur en cuivre vert-de-gris, est branché à l'unique prise électrique de l'embarcation. Avisant les titres de quelques trente-trois tours, je suggère un album de Nina Simone – la chanteuse préférée de

Gisèle. Sa présence à bord me conforte dans mes soupçons que la relation entre Job et la vieille dame allait bien au-delà de la simple amitié.

Pendant un moment, nous gardons le silence, ouatant nos esprits de méthanol assaisonné de venin sur les notes mélancoliques de *Since I fell for you*.

Nous contons ensuite à Job Le Guen les événements de la nuit passée, avant de digresser, comme c'est souvent le cas lorsque l'on rencontre d'autres survivants, sur les circonstances extraordinaires qui font que nous sommes encore en vie, tandis que les deux tiers (si ce n'est plus) de la population mondiale mange de la viande crue à tous les repas. Job en fait de même.

Sans surprise, quand l'épidémie a éclaté, il se trouvait en mer. On l'a appelé sur les lieux d'une collision suspecte entre deux chalutiers dans la baie de Paimpol.

— Je vous jure que j'oublierais jamais ce que j'ai vu ce jour-là, ça non…

Après des démêlés avec un équipage composé de marins-pêcheurs zombies, le chaos l'attendait à son retour au port. Peu de temps après, il a décidé de s'installer de façon permanente sur la *Catin*.

— Sur le coup, ça m'a semblé le meilleur moyen de sauver ma couenne. Les zombies, ça nage pas, pas vrai ?

Ne quittant la barge qu'en de rares occasions, pour s'approvisionner, Job Le Guen est parvenu à rester en vie plus longtemps que quiconque dans la région. Comme de bien entendu, il met ça sur le compte de son tempérament de Breton pure souche. Du côté de Florent, il prêche un convaincu.

Nous acceptons une seconde tournée. Une troisième. Puis une quatrième.

La matinée glisse, cotonneuse. Au bout d'un moment, Alice et mon mec optent pour un joint à la mémoire de Mère-grand et vont s'isoler sur le plat-bord de proue.

Je les laisse seuls.

Comme je l'ai mentionné quelque part, par certains égards, mon petit ami est encore très ingénu. C'est probablement la raison pour laquelle l'adolescente et lui s'entendent si bien. En dépit des liens forts que j'ai noués avec Alice depuis notre rencontre, le soir où tout a commencé, nous n'avons jamais été aussi proches qu'elle ne l'est de Florent. Elle a seize ans, lui vingt. Je suis non seulement plus âgé, mais aussi – par la force des choses, depuis le décès de mes parents – plus mature. Pour parler franchement, Alice n'en est pas à une période de sa vie à laquelle elle a besoin d'un père.

Plutôt d'un meilleur ami gay.

Rôle que Florent remplit avec brio...

Midi s'avance sur la petite horloge du tableau de bord de la *Catin Mariée*. Job Le Guen me gratifie toujours d'histoires de marins (je crois qu'il est même question de Vikings, de *vrais* Vikings, s'entend) et de contes sur ce foutu fleuve. Je l'écoute distraitement quand, tout à coup, il se produit comme un éclair dans le brouillard.

Job parle du niveau de l'eau du Trieux. Qui *monte*.

La marée ? Sortant de ma léthargie méthanolée, je me redresse d'un bond :

— L'eau est en train de *monter* ? C'est impossible, l'effondrement du pont a bouché le fleuve...

— Et rappelle-moi, gros malin, ce qui se passe quand on construit un *barrage* ?

Je ne mets que quelques secondes à m'en rappeler, mais cela suffit à arracher à Job un ricanement de dédain.

— Les Parisiens. Vous êtes vraiment tous les mêmes.

Pour me donner une contenance, je m'empresse de lui expliquer notre intention de tendre une embuscade à l'Équipée Sauvage lorsqu'ils descendront le fleuve depuis Pontrieux, voulant profiter de la marée pour gagner la mer. Job écoute et, subitement, sa carcasse croulante s'anime d'un feu sanguin. Son visage hâve reprend des couleurs. Comme un ours déchaîné, il abat ses gros bras sur les cloisons de la cabine en se levant.

Et, sans mot dire, il met le contact.

La barge est parcourue d'un soubresaut. Depuis la proue, Alice et Florent m'interrogent du regard. Je hausse les mains en signe d'impuissance et me tourne vers Job :

— Où... où est-ce que nous allons ?

— Y'a deux moyens d'aller à Pontrieux, fiston. La route, et ce bon Dieu de fleuve.

— Je... Oui, mais...

Mais il ne m'écoute plus.

— Le débit a déjà dû diminuer à cause du barrage. Nous y serons en moins d'une heure.

Revigoré, galvanisé à la perspective de son plan génial (dont les détails m'échappent toujours, à ma grande inquiétude), le skipper grimace un sourire machiavélique et se verse un cinquième shot – *ou bien un sixième ?* Je dois avouer que j'ai perdu le compte... La barge se met en mouvement. Lentement d'abord, puis avec force cahots.

Alice et Florent s'agrippent au garde-fou du plat-bord avant, tandis que je suis Job dans la petite cabine.

— J... Job, qu'est-ce que... c'est quoi le plan ?

— Le *plan* ? Ah ! Elle est bonne, celle-là...

Là, je suis littéralement terrifié.

— Job, je crois qu'on devrait...

— Un Breton n'a pas de plan ! Les plans, c'est pour les généraux couards, les femmes et les architectes !

— Euh... Oui, mais...

Il m'intime le silence et prend la barre. La *Catin Mariée* se lance à l'assaut du Trieux, projetant de grandes gerbes d'eau alentour. Les berges défilent à une vitesse qui me semble par trop excessive pour un engin de cette taille. Mais peut-être est-ce l'alcool...

— Votre salaud, là, ce Lenhardt... Il m'a pris la seule femme que j'aie jamais aimée... Et tu sais quoi ? Je ne lui ai jamais dit que je l'aimais. *Jamais* dans toute cette bon Dieu de vie.

Un tremblement émaille sa voix.

— Laisse-moi te dire une bonne chose, fiston. Si tu aimes quelqu'un, alors envoie chier le monde. Ouais, flanque tout le reste au panier ! On ne se rend compte de ce qu'on a perdu que quand... quand...

— Job, dis-je d'une voix douce, je suis sûr que Gisèle *savait* que vous l'aimiez.

Il essuie une larme en reniflant.

— Je sais bien qu'elle le savait, crénom ! Mais ça ne change rien au fait que je ne lui ai jamais dit, voilà.

Il s'interrompt pour lancer un regard par la vitre de la cabine, en direction de Florent.

— Ce mec, tu l'aimes ? me demande-t-il tout de go.

Désarçonné, je balbutie :

— Euh, je...

— J'ai vu comment vous vous zieutez, tout le temps. Et puis, entre nous, pour avoir l'air plus gay que lui, il faudrait porter un tutu arc-en-ciel.

Je tente de le recadrer :

— Job, ce n'est pas de nous qu'il...

— Alors, tu l'aimes, oui ou non ?

— Oui. Depuis la première fois que je l'ai vu. Et je l'aime toujours autant depuis...

— Eh ben, je vais te dire un truc, tu ne devrais pas l'aimer *toujours autant*. Tu devrais l'aimer *encore plus*. Et le lui dire, fiston. Tu le lui as dit ?

En proie à une migraine naissante, je secoue vivement la tête en levant les mains :

— Écoutez, Job, si on s'en tenait à ce que vous vous apprêtez à faire ? Nous ne pouvons tout de même pas affronter *trente types* armés jusqu'aux dents à nous quatre avec une *barge*.

Pour la première fois depuis qu'il a pris la barre, le skipper semble réfléchir. Je n'ai toutefois aucune certitude quant au degré de rationalité susceptible d'habiter un cerveau noyé par l'eau-de-vie de frelons.

— Tu as raison, fiston, convient-il finalement à mon grand soulagement.

— On devrait les attendre au Lédano, on disposerait d'une bonne...

— Au Lédano ? ricane-t-il avec suffisance. Comment veux-tu tendre une embuscade là-bas ?

— Eh bien…

— Ces types vont se pointer, voir un pétrolier réduit à l'état de rivets fumants et un pont écroulé. Quel parfait abruti ne suspecterait pas qu'il s'agisse d'un piège ?

— Euh…

— Non, non, fiston. Je connais le parfait endroit pour tendre une embuscade. Fais confiance au vieux Job, il connaît le Trieux comme sa poche.

La *Catin Mariée* fend les flots à une allure toujours aussi démente. Conjuguée au tangage et aux cahotements, la vitesse de la frêle embarcation a tôt fait de me retourner l'estomac. En proie à un violent haut-le-cœur, je fuse hors de la cabine et rends tout le (maigre) contenu de mon système digestif, empoisonnant sans doute au passage la moitié de la faune aquatique locale.

Flo accourt pour se poster près de moi.

— Mon cœur, ça va ?

— Ou… oui, je crois que… J'ai juste besoin d'un peu de repos. Juste… un peu de repos.

Et peut-être de dessaouler totalement.

Ça fait plus de seize heures maintenant que j'ai de l'alcool dans le sang. Pantelant, les mains sur les genoux, je reste courbé en deux un moment, profitant de l'eau douce qui fouette mon visage. J'entrentends mon petit ami demander à un Job goguenard si la *Catin* dispose de couches. La grosse voix du skipper tonne :

— On ne tiendra pas à quatre dans la cabine. J'ai récupéré des bibs sur l'épave d'un ferry il y a un mois environ. Vous n'avez qu'à les déplier sur le pont.

— Des *bibs* ?

— Des radeaux de survie. Teuh ! Ces marins d'eau douce qui ont essayé de quitter le ferry n'ont pas lancé les largueurs hydrostatiques d'assez haut. La pression n'a pas été suffisante pour déclencher l'ouverture et ces radeaux ont flotté bêtement pendant que tout le monde se noyait... Ha, ha !

— Je ne vois pas ce qu'il y a de drôle... je marmonne d'une voix pâteuse.

— Je vais te dire ce qu'il y a de drôle. Quand on ne sait pas naviguer, mon gars, on ne fout pas les pieds sur un bateau, voilà tout !

Je m'abstiens de tout commentaire, nauséeux. Job Le Guen indique à Florent le compartiment dans lequel se trouvent les bibs, explique comment en forcer l'ouverture (« Un grand coup sur le fond, comme un coup de pied au cul ! ») et, peu après, l'un des largueurs hydrostatiques s'ouvre comme une fleur, dans un chuintement sonore. Job décrit ensuite à mon petit ami la manœuvre pour l'amarrer au flanc de la barge ; il réduit pour cela la vitesse de la *Catin* et je l'en sais incommensurablement gré. Une fois gonflé et amarré, le bib en forme d'œuf aplati évoque la version aquatique d'un side-car.

La dernière chose dont j'ai conscience ce matin-là est une remarque d'Alice sur le pied marin.

Rampant plus que je ne pénètre dans la couche humide empestant le néoprène, je glisse dans un sommeil lourd comme mon cœur et profond comme un abîme.

Chapitre 9

Novembre 2013

Tout s'est enchaîné comme dans un cauchemar.

Nous sommes parvenus à maîtriser le zombie (ou plus exactement à l'immobiliser définitivement), mais lorsque Yann Quilleré a voulu prévenir les secours, il n'a obtenu qu'un message automatique indiquant que le central était saturé d'appels. Le père de Florent a alors tenté sa chance auprès de la gendarmerie de Paimpol, où quelqu'un l'a informé qu'il ferait mieux de monter dans sa voiture et de quitter tout de suite la région, ce qui l'a mis hors de lui.

Marie a succombé à l'hémorragie consécutive à son attaque avant qu'on puisse la transporter à l'hôpital – ce dont nous aurions de toute façon été incapables : le 4x4 des Quilleré avait été volé.

Anéanti, Florent est tombé en état de choc.

Sans son père et moi pour le forcer à avancer, il se serait sans doute étendu sur l'asphalte et laissé mourir.

Après que nous avons vu des cadavres se relever et des gens s'entre-dévorer, la situation apocalyptique nous apparaissant dans toute l'étendue de son horreur, nous avons décidé de fuir, mus seulement par notre instinct de survie, sans but et presque sans espoir. Nous avons fini par retrouver le 4x4 encastré dans l'un des bungalows du motel situé sur la route de l'île de Bréhat, hors d'état.

Pourchassés par les morts-vivants, nous avons erré de longues heures durant dans un Ploubazlanec plongé dans le chaos, sur fond de complainte ininterrompue des sirènes du réseau national d'alerte.

Il n'y avait pas une rue, pas une bâtisse des environs qui ne soit pas infestée de morts-vivants. Yann Quilleré s'est abandonné tout entier à une frénésie vengeresse que je n'hésiterais pas à qualifier de *berserk*, massacrant du zombie à mains nues, poussant des grognements bestiaux.

Tous les îlots de lumière alentour résonnaient de cris et de hurlements à glacer le sang ; au milieu de la clameur dissonante des klaxons montant des routes alentour, des explosions, assourdies par la distance, déchiraient l'air de temps à autre. M'efforçant de reléguer à l'arrière-plan cet accompagnement sonore de fin des temps, j'ai fait une tentative pour ramener le père de mon mec à la raison :

— Yann, il faut à tout prix quitter la route, nous ne faisons que leur servir le repas sur un plateau. Quelles sont nos meilleures chances ? Dans quelle direction aller ?

Il a posé sur moi des yeux fous, exorbités, comme s'il me voyait pour la première fois.

— Nous irons là où nous trouverons le plus de ces saloperies et nous les emporterons avec nous en enfer. En enfer, m'entends-tu ? Elles nous suivront toutes *en enfer* ! a-t-il beuglé, perdu pour la cause.

Je n'avais pas exactement les mêmes projets pour la suite des choses et m'apprêtais à le lui signifier vertement quand j'ai remarqué une trace circulaire sur sa main.

— Vous avez été mordu, ai-je noté en m'efforçant de ne pas laisser transparaître la crainte dans ma voix.

— Ce n'est rien, je survivrai.

Flo l'avait vu aussi, mais détournait le regard. Alors, j'ai compris que mon petit ami, choqué, dévasté par la mort de sa mère, n'était plus non plus avec nous. Peut-être se raccrochait-il à la dernière pensée rassurante qu'il pouvait lui rester dans ce genre de circonstances : tout ceci n'était qu'un cauchemar et il allait se réveiller. Sa mère serait vivante, et les zombies relégués aux films de série Z où ils avaient leur place. Florent *savait* que la blessure de son père n'augurait rien de bon, mais il se voilait la face.

Il refusait d'y croire, de se laisser aller à des pensées morbides. Plus morbides qu'elles ne l'étaient déjà, en tout état de cause...

— Il y a des lumières, là-bas, a-t-il indiqué d'une voix faible, éteinte.

Nos regards se sont portés dans la direction qu'il avisait. Les lumières provenaient d'un petit lopin de terre, coincé entre des rangées de serres et la colline de Kersa, à environ cent mètres de la route. De loin, on aurait dit des phares de voitures. *Des voitures...*

— Ça vaut le coup de jeter un œil, ai-je proposé.

À mon grand soulagement, le patriarche a approuvé.

Nous nous sommes mis en chemin, piétinant une terre fraîchement labourée, meuble sous nos pieds.

À mesure que nous approchions, nous avons compris ce dont il retournait : un groupe de gens du voyage avait élu domicile dans un espace circulaire, bordé d'arbres. Le village nomade était un patchwork de grosses cylindrées, de caravanes et de roulottes traditionnelles aux couleurs vives. Un calme surréaliste y régnait. J'ai cru tout d'abord que les bohémiens l'avaient abandonné, mais entr'aperçu ensuite des silhouettes se déplaçant entre les roulottes, se découpant en ombres chinoises dans la fumée d'un feu brûlant à même le sol.

Malgré toutes nos précautions pour demeurer discrets, l'une des bohémiennes, une vieille gitane au dos voûté et au visage ravagé par les vicissitudes de la vie, nous a vus et a levé les bras en baragouinant dans une langue qui ne m'évoquait rien. Nous nous sommes immobilisés, ignorant si nous étions les bienvenus. Elle nous a alors fait signe d'approcher. À notre démarche sûre, elle a dû comprendre que nous n'étions pas des zombies. Lorsque nous avons atteint le périmètre du camp, plusieurs bohémiens nous ont encerclés, arborant des expressions indéchiffrables.

Un flottement silencieux s'est installé, pendant lequel des regards soupçonneux se sont échangés.

Au terme de ce qui m'a paru une éternité, la gitane s'est avancée, a scruté et palpé nos membres comme pour s'assurer qu'ils n'étaient pas cassés. Florent et moi avons passé l'examen avec succès ; tel ne fut malheureusement pas le cas de Monsieur Quilleré.

À la vue de la trace de morsure ceignant sa paume, la vieille a eu un mouvement de recul et marmonné très vite dans sa langue étrange. Sans quitter le père de Florent des yeux, elle a proclamé dans un français approximatif :

— Vous pouvoir rester ici la nuit. *Lui*, partir. Mauvais œil sur lui !

Mon estomac s'est noué. La réaction du patriarche ne s'est pas faite attendre :

— Mauvais œil ? Qu'est-ce que vous me chantez là ?

— Toi avoir reçu le Mal en dedans. Toi mourir dans l'heure. Mauvais œil.

Dans ce que j'ai interprété comme un réflexe, elle a craché par terre. Yann s'est aussitôt empourpré, sa poitrine se gonflant comme un ballon :

— Vieille bique du fond des âges, je vous en foutrais, moi, du mauvais œil !

— Papa, s'est alors interposé Florent, c'est pas grave, allons-nous-en...

La gitane s'est jetée sur mon mec comme un rapace fondant sur sa proie.

— Fuir, *ah !* Toi pas pouvoir fuir mauvais œil. Dire adieu à ton père, *strănule*. Le Mal déjà en dedans de lui, dit-elle en roulant les *r*. Emparez-vous d'eux !

Pris au dépourvu, nous avons sursauté en lançant des regards horrifiés alentour : dans un ensemble coordonné, les bohémiens se sont jetés sur nous et nous ont agrippés fermement par les bras, qu'ils ont tordu dans notre dos pour nous immobiliser d'une solide étreinte...

— Lâchez-moi, a vitupéré Yann Quilleré, lâchez-moi, bande de romanichels !

Florent se débattait et éructait à mes côtés. Bien que je sois plus musclé que lui, j'étais incapable moi-même du moindre mouvement.

— Laissez-nous partir ! ai-je plaidé à mon tour.
En vain.
La gitane s'est approchée de moi jusqu'à ce que nos visages se touchent presque.

— Toi remercier nous, *străinule. Iată, iată!*

J'ignorais le sens de ce mot, mais j'ai compris qu'elle voulait que je regarde quelque chose. De ses longs doigts décharnés, elle a pointé le père de Florent. Et l'impensable s'est produit…

Tempêtant et vociférant la minute précédente, Yann a paru soudain se recroqueviller sur lui-même.

Sa respiration s'est faite plus lente, plus saccadée et ses yeux ont roulé d'un coup dans leurs orbites, comme s'il convulsait. Son corps a été agité de soubresauts, une bulle de bave faisant scintiller sa lèvre inférieure…

— Papa ? a murmuré Florent d'une voix inquiète.

Je n'osais imaginer ce que devait ressentir mon petit ami. Après la mort de sa mère, il voyait à présent son père se transformer en zombie sous ses yeux…

Yann a émis un mugissement d'outre-tombe. Ce fut le signal que semblaient attendre les bohémiens : l'un d'entre eux, un grand gaillard au visage anguleux, à la moustache finement taillée, s'est éloigné en direction du camp, pour en revenir quelques secondes plus tard muni d'un objet qui a arraché un cri d'horreur à Florent : une hache.

— Vous ne pouvez pas faire ça ! s'est-il égosillé, les larmes aux yeux. *Arrêtez !*

Le grand gaillard s'est arrêté, mais ce fut pour tendre l'engin de mort à la vieille gitane. Malgré sa constitution frêle, la bohémienne soulevait sans peine la hache, dont la lame brillait à la lueur rougeoyante des flammes. Elle a fait quelques pas en direction de la créature hâve qui avait été Yann Quilleré, a hissé l'arme au-dessus de sa tête en psalmodiant dans une langue ésotérique… Un sifflement a tranché l'air, accompagné d'un tournoiement argenté. Florent a hurlé. La lame s'est abattue sur la nuque de son père dans un bruit de broiement écœurant. J'ai senti des gouttes de sang me picoter le visage. Alors, les bohémiens ont desserré leur étreinte et je me suis libéré d'un coup sec. Le cadavre décapité de Yann s'est affaissé sur le sol.

Hystérique, mon petit ami est tombé à genoux, tout son corps parcouru de spasmes.

Je me suis précipité vers lui, mais la gitane m'a barré le chemin.

— Écartez-vous, lui ai-je froidement intimé.

— Nous, nous occuper de lui. Toi, nous suivre.

— Il n'en est absolument pas question…

Des bohémiens emmenaient déjà Florent, incapable d'opposer la moindre résistance dans son état. La vieille femme est restée plantée devant moi.

— Toi nous suivre, a-t-elle répété avec insistance.

Au centre du village nomade, autour du feu de camp, quelques musiciens tiraient de leurs instruments un air entêtant, empreint de mélancolie.

On m'a invité à m'asseoir sur un tabouret en bois, avant de me proposer une espèce de ragoût au fumet peu appétissant. Je me suis soudain senti envahi d'une sorte de détachement résigné. Je n'avais plus de famille. Mon petit ami n'avait plus de famille – un mort-vivant, un zombie tout droit sorti d'un film de George Romero, avait égorgé sa mère et on avait décapité son père sur un air tzigane. C'était pour ainsi dire la fin du monde et nous étions seuls.

J'ai accepté laconiquement le ragoût. Le bohémien que j'avais vu apportant la hache, qui s'est présenté sous le nom de Marcel, a pris place à mes côtés. Il tirait sur une pipe en bois.

— Ton ami dort. Romina lui a donné un somnifère.

Il faisait sans doute allusion à la vieille gitane.

— Pourquoi avez-vous fait ça ? ai-je demandé d'une voix blanche.

— Le *strigoi*, a-t-il répondu en guise d'explication. Quand quelqu'un est mordu...

— Il se transforme en mort-vivant, j'ai vu. Ce que je voulais dire, c'est que vous auriez pu épargner à Florent le spectacle d'une hache tranchant la tête de son père...

— Nous manquions de temps.

Je l'ai dévisagé avec circonspection.

— Comment saviez-vous que...

— Dans le pays d'où nous venons, *strǎinule*, m'a-t-il coupé en exhalant une épaisse fumée, ces créatures font partie intégrante de notre folklore. Ce sont des *strigoi*, des âmes damnées revenant du monde des morts pour prendre les vivants.

— Des zombies...

— Ils sont connus sous des noms différents suivant les cultures et les civilisations.

J'ai demeuré silencieux, digérant la nouvelle.

— Des légendes séculaires annonçaient leur retour en des temps troubles pour notre monde, a expliqué Marcel. Depuis des siècles, notre communauté s'est préparée à leur arrivée. Pour nous, le moment est venu de partir.

— Pour aller où ? ai-je demandé.

— Kogaion. Le mont sacré des origines.

Je n'avais pas la moindre idée d'où se trouvait un endroit pareil, mais sur le coup, je n'ai pas cherché pas à savoir s'il s'agissait d'un coin perdu en France ou bien au fin fond des Carpates. Mes ambitions à moi étaient plus modestes : survivre, à tout prix. Si possible hors de cette maudite région…

Ce qui m'a ramené à ma préoccupation première :

— Je sais que c'est beaucoup vous demander, mais…

— Nous vous donnerons une voiture. Ainsi que des armes, m'a devancé Marcel.

— M… merci, ai-je ânonné, déconcerté. Pourquoi…

— Nous voulons que vous nous rendiez un service.

Le gitan a pris le temps d'aspirer une bouffée de tabac avant de continuer :

— Nous avons recueilli un autre survivant. Nous ne pouvons l'emmener avec nous – nos lois nous interdisent d'accueillir des *străini* dans notre communauté. Mais nous ne pouvons nous résoudre à l'abandonner derrière nous. Elle est trop jeune pour survivre seule.

— *Elle ?* ai-je relevé.

Marcel a tourné la tête de côté en sifflant à l'attention de quelqu'un.

Une silhouette s'est découpée dans la pénombre, près de l'une des caravanes. C'était une adolescente d'environ quinze ans, au visage pâle et aux grands yeux clairs. Ses cheveux raides, filetés de mèches bleu vif, tombaient de manière étudiée sur son front. Elle a agité mollement la main en s'approchant de nous.

— Salut, a-t-elle lancé timidement. Moi, c'est Alice.

ஃ

La soirée s'est poursuivie au rythme endiablé des guitares sèches, auxquelles faisaient échos des chants à la modulation envoûtante. Je me suis glissé dans la roulotte où l'on avait installé Florent, lui ai caressé tendrement le visage, puis l'ai abandonné à son sommeil. Trop perturbé pour dormir, je me suis joint à la célébration donnée par les bohémiens en l'honneur de Zalmoxis, sorte de demi-dieu des légendes daces pour ce qu'on a bien voulu m'en dire. Autour du camp, des hommes armés de haches et de faux patrouillaient en cercle, tenant les morts-vivants à l'écart. Appelé à relayer un de ses camarades, Marcel m'a laissé en compagnie de la vieille gitane et de l'adolescente.

On m'a servi un breuvage sirupeux, dont Alice (elle ne prononcerait jamais son nom de famille, ni ce soir-là, ni par la suite) m'apprit qu'il s'agissait de liqueur d'arbouse, un fruit peu répandu en France, mais très apprécié sur le pourtour méditerranéen. À nos côtés, Romina s'intoxiquait au même tord-boyaux, agrémenté d'une pipe au tabac trop odorant pour qu'il soit issu de plantations légales. Tous les esprits se sont embrumés en un rien de temps.

La langue de l'adolescente, pourtant peu loquace, en est venue à se délier.

— Tu as bien fait, a-t-elle dit à brûle-pourpoint.

— J'ai bien fait quoi ? ai-je articulé d'une voix plus pâteuse que je ne l'aurais imaginé.

— Le truc, c'est de ne pas s'impliquer.

J'ai dardé sur l'adolescente un regard perplexe. Elle a croisé les jambes et murmuré d'un ton grave :

— Ils ont eu ma famille. Mon père, ma mère et mon frère. Je n'ai plus personne.

— Oh. Désolé...

— Non, ne le sois pas, s'est-elle hâté de répliquer. On pourrait être morts, pas vrai ? Plein de gens sont morts, ce soir. Nous, on est vivants. C'est tout ce qui compte.

Elle a levé son verre pour trinquer à cette pensée. Je l'ai imitée. L'alcool m'a brûlé l'œsophage. Les bohémiens jouaient un air aux accents contemplatifs.

— *Eram pe-acelasi drum.*

— Te demande pardon ?

— C'est ce qu'ils chantent, a-t-elle dit à ma surprise. *J'ai parcouru le même chemin.* C'est du roumain.

— Tu parles roumain ?

— J'avais le choix entre breton et roumain, au lycée.

— Et... tu as choisi le roumain ?

— Ton mec t'a déjà parlé breton ? a rétorqué Alice en posant une autre question.

— Je ne crois pas, non.

— Il n'y a pas plus moche, comme langue.

Un ange est passé. Je lui ai confié :

— Florent a vu ses parents mourir, ce soir, lui aussi.

— Et toi, je suppose que tu ne sais pas ce qui est arrivé aux tiens.

— Mes parents sont morts il y a cinq ans.

Je lui ai révélé qu'ils avaient tous les deux perdu la vie en revenant d'un séjour au Brésil, lorsque l'avion à bord duquel ils se trouvaient s'était abîmé dans l'océan Atlantique au milieu de la nuit.

— À cause d'une simple erreur de pilotage, ai-je ajouté, amer.

Un accident qui, rétrospectivement, avait plongé des familles dans le deuil tout en leur épargnant, des années plus tard, l'horreur de voir leurs proches subir une mort plus atroce encore – ou se transformer en morts-vivants.

— Désolée, a-t-elle chuchoté en pressant mon bras.

J'ai haussé les épaules en souriant de mon mieux.

— Ne le sois pas. Nous sommes vivants. Pas vrai ?

Un léger sourire a étiré ses lèvres.

— Tu as raison.

L'adolescente a pivoté sur le banc pour s'adresser à la vieille gitane :

— Hé, vieille ravagée, fais tourner le calumet ! a-t-elle braillé avant de réitérer l'injonction en roumain.

La bohémienne a mâché une bardée de jurons entre ses dents jaunes, qu'Alice a pris un malin plaisir à me traduire. Sans pouvoir en retenir la formulation exacte, j'ai ainsi appris qu'il existait une insulte pouvant se traduire par « que Dieu casse sa bite en toi ».

En sus de la dangereuse liqueur sucrée, nous avons donc partagé de l'herbe. Plus tard, Alice m'a glissé :

— Tu devrais aller te coucher avec lui.

— Florent dort, ai-je fait remarquer. Il ne sait même pas que je ne suis pas là.

— Il n'a peut-être pas besoin de toi maintenant, mais tu ne crois pas qu'il se sentirait mieux s'il se réveillait et que tu étais à ses côtés ?

J'ai gardé le silence.

— Tu sais, a-telle repris, quand je disais que le truc c'est de ne pas s'impliquer, je parlais des zombies. Les morts s'en fichent d'être morts, il n'y a que les vivants que ça attriste. Ce sont les vivants qui ont besoin de nous.

Ses mots m'ont laissé pensif.

Quand j'avais à peu près l'âge d'Alice et après m'être fait larguer par mon premier copain, une de mes amies de lycée avait fait montre d'un certain cynisme en arguant que l'amour est l'apanage des idiots.

« L'amour fait souffrir », avait-elle asséné. « Soit tu aimes souffrir, soit tu penses que tu ne souffriras jamais. Dans les deux cas, tu es un idiot. Tu sais que tu as environ trente fois plus de chances de mourir trucidé par la personne qui t'aime que par un parfait inconnu ? Ça ne te fait pas flipper ? »

À l'époque, ça ne me faisait pas flipper.

Quelque chose me disait à présent que les zombies allaient faire grimper cette statistique en flèche. Surtout, je ne pouvais m'empêcher de m'interroger : si j'étais mordu, comment réagirait Florent ?

S'il était mordu, comment réagirais-je, *moi* ?

Cette nuit m'avait appris que la transformation était rapide, quelques minutes tout au plus. *Quelques minutes…* C'était bien peu pour faire ses adieux à la personne qu'on aime – mais peut-être cela valait-il mieux qu'une longue et cruelle attente, qu'un implacable, irrémédiable sursis ?

Toujours est-il que Florent et moi devrions envisager cette éventualité.

Et décider d'une ligne d'action le cas échéant...

Quoi que l'avenir nous réserve, il nous faudrait être prêts à... à quoi, d'ailleurs ? À abréger les souffrances de l'autre ? Qu'est-ce qui nous disait que la vie d'un zombie était si terrible que ça, après tout ? D'accord, errer sans but dans la nuit pour se nourrir de chair humaine, ça n'avait rien de très exaltant comme perspective d'existence, mais comme le soulignait Alice, « *les morts s'en fichent d'être morts, il n'y a que les vivants que ça attriste.* »

Peut-être les zombies étaient-ils heureux, après tout.

Délivrés des carcans d'une vie dénuée de sens sous le joug écrasant d'un capitalisme rampant, tout entier voué à l'extermination de l'individualité et de la liberté. Finis les boulots ineptes, finie la pression sociale, finie l'injonction à consommer pour acheter son bonheur.

Terminés les lundis matins...

Même à vingt-trois ans, je ne pouvais me départir du sentiment qu'on m'avait floué toute ma jeunesse sur mon futur. À quoi pouvait bien rimer une existence éphémère, le fruit improbable d'une combinaison génétique défiant toutes les lois statistiques, passée à s'aliéner au travail, à rendre des comptes à ses semblables, ou à subir le stigma d'oser prétendre à mieux ? À quoi bon remporter la loterie de la venue au monde pour *ça* ?

Ce n'était pas une vie, tout au plus une pâle imitation, un misérable ersatz de...

— Hé, mec, on dirait que t'es parti loin.

— Tu n'as pas idée... ai-je soupiré.

J'ai examiné le fond de mon verre, méfiant. Un alcool qui chassait les pensées sombres en les remplaçant par des ruminations déprimantes, c'était encore plus traître que les plus perfides de tous les casse-pattes...

Toujours songeur, j'ai demandé à Alice :

— Tu crois que la vie est plus belle après la mort ?

— Tout dépend. Après la mort de qui ?

L'adolescente était parvenue à m'arracher le premier – comme le seul – sourire de la soirée. De nouveau, elle a hissé son verre rempli à ras bord de liqueur d'arbouse. J'y ai joint le mien en proposant un toast :

— Aux vivants ?

— Pourquoi pas à l'amour ? a suggéré Alice.

Oui, pourquoi pas, ai-je pensé en trinquant tandis que la nuit tombait, dépourvue de lune.

CHAPITRE 10

Octobre 2014

Les pans de toile entrouverts découpent un rectangle de lumière argentée dans le radeau gonflable et les pompes de la *Catin Mariée* ronronnent avec placidité.

Mais ce ne sont ni le soleil, ni le bruit qui m'ont tiré du sommeil : des cheveux me chatouillent le bas ventre…

Rassemblant ma lucidité, je cligne des yeux et baisse le regard vers mon bas ventre. La bouche autour de mon sexe, ses mains caressant ma poitrine, Florent me fait une fellation. Constatant que j'ai émergé, il m'adresse un clin d'œil. Je bafouille un bonjour et me tortille en gémissant. Tous mes membres sont engourdis – engourdissement qui s'évanouit dès que la douleur dans ma cheville se réveille.

— Flo… je marmonne en grimaçant.

Je veux me redresser, mais il m'en empêche.

— L'excitation provoque la sécrétion d'endorphines, murmure-t-il entre deux exercices de sa langue. Laisse-toi faire. Ça va atténuer la douleur...

Les soins prodigués par mon mec produisent l'effet escompté : sans estomper totalement la pression lancinante de la plaie, le plaisir irradie tout mon être avec le pouvoir d'autant de vagues de chaleur apaisantes. Je cherche à lui rendre ses attentions, mais plusieurs muscles endoloris ont raison de ma volonté. Je suis sur le point de jouir lorsque Flo s'interrompt brutalement.

Interloqué, je relève la tête. Il sourit d'un air espiègle.

— Qu'y a-t-il ?

— Dis-moi, qu'est-ce que je suis, au juste, pour toi ? questionne-t-il, comme sous le coup d'une pensée subite.

J'écarquille les yeux, choqué.

— C'est quoi, cette question ?

— Pourquoi est-ce que tu ne me réponds pas ? Je suis *quoi* pour toi ?

— Tu es... mon mec.

Aucune autre réponse ne me vient à l'esprit, bien que je sois intimement persuadé qu'il ne s'agisse pas de celle qu'il attend à ce moment précis.

— C'est un peu court, rétorque-t-il abruptement.

— Putain, Flo...

Il se redresse d'un bond, faisant tanguer le bib, une expression froissée sur le visage.

— C'est bien ce que je pensais, lâche-t-il d'un ton cassant comme une lame en diamant.

Atterré, je le vois ouvrir la fermeture Éclair fermant la toile du radeau gonflable.

— Merde, Flo, c'est quoi ton problème ?

— Tu jures encore. Parce que tu éludes, tu te défiles, comme tu le fais *tout le temps* !

— Qu'est-ce que tu veux que je te dise ?

— Qu'est-ce qu'on fait ensemble, à part baiser et jouer à *Zombie Hunt* ?

Ma bouche s'ouvre pour dire quelque chose, mais pas un son n'en sort. Il a déjà passé une jambe à l'extérieur quand je le rattrape par le bras, après avoir un minimum rassemblé mes esprits.

— Écoute, Flo, tu sais très bien ce que j'éprouve pour toi. Rien n'a changé depuis trois ans, à part *une chose*, une seule : cette putain d'invasion. Et tu m'excuseras du peu, mais ça a fait une *sacrée* différence…

— J'ai vu ma mère se faire dévorer et mon père devenir une de ces choses, alors à ton tour de m'excuser, mais tu ne m'apprends rien.

— Et j'étais *là* quand c'est arrivé. J'ai toujours été là pour toi, Flo. Qu'est-ce que tu veux de plus ?

Florent secoue la tête avec exaspération.

— J'en sais rien, je voudrais… (Il marqua une courte pause, l'air excédé.) Je voudrais *plus*. Je voudrais que notre relation ressemble à autre chose que du sexe, des parties de *Zombie Hunt* et des devinettes sur le toit d'un supermarché… À une relation normale.

Qu'est-ce qui lui prend, subitement ?

Qu'il veuille d'une vie de couple « normale », je peux difficilement l'en blâmer. Toutefois, il sait très bien que ce n'est tout simplement pas possible. Pas quand il faut vivre dans un état d'alerte de tous les instants…

— Qu'est-ce qu'il te manque ? je demande, à bout de patience. Une maison, un chien et une Scénic ?
— Un mec.
J'en reste coi.
— Tu es mon mec. Je voudrais que tu te comportes comme mon mec, poursuit-il d'un ton brûlant de reproche.
— Qu'est-ce que ça veut dire ? je m'empourpre.
— Ça veut dire que je ne suis plus un gosse. J'ai pas besoin qu'on me tienne la main. En revanche, j'aimerais sentir que mon mec a besoin de moi. Et qu'il m'aime. Pas qu'il n'est là que pour couvrir mes fesses.
— Oh, allons, je soupire en roulant des yeux. Tu me fais une scène parce que je ne suis pas assez dégoulinant de sentiments ? Parce que je ne te dis pas assez *je t'aime* ?
— Pour information, tu ne me l'as *jamais* dit.
Davantage de dépit que de colère, il s'arrache à mon étreinte et s'extirpe hors du radeau gonflable, me plantant là, dans la couche mouillée, la queue à l'air.
Depuis le pont, je l'entends ajouter sèchement :
— Habille-toi. Nous sommes arrivés.

Le soleil d'automne inonde le feuillage jaunissant des rives du fleuve.
Au devant de l'embarcation, le Trieux s'étrécit pour n'atteindre plus qu'une vingtaine de mètres de large et, à bâbord, la végétation s'éclaircit soudainement pour révéler l'embouchure à moitié envasée d'une rivière affluente aux eaux verdâtres.

— Le Leff, indique Job comme s'il s'adressait à des touristes en goguette.

Un peu en retrait du point de confluence se dressent les piles en béton trapues d'un pont ferroviaire de hauteur modeste. Cinquante mètres de rail disparaissent dans un coffrage métallique peint en bleu turquoise, mais dont le moindre rivet saigne désormais un oxyde de fer vermillon. Quelques corbeaux siègent sur les poutrelles supérieures, semblables à des gargouilles.

Inexplicablement, à l'instant où nous arrivons en vue du pont, Job retire sa casquette et se précipite vers le bord du bateau. Dérouté, je le vois s'agenouiller sur le plat-bord et plonger la tête sous l'eau. Lorsqu'elle reparaît, le marin ruisselant explique :

— Ce pont de chemin de fer s'appelle Frynaudour. Ça veut dire *nez dans l'eau*. Une vieille tradition veut qu'on fasse exactement cela en passant devant ou dessous, pour s'assurer un voyage sous les meilleurs auspices.

Il guette ma réaction. Mon expression doit traduire sans équivoque mon intention de ne pas honorer cette tradition. Sans surprise, Florent ne s'y plie pas non plus. Je note que mon petit ami évite soigneusement mon regard.

Indifférente au panorama, les pieds dans l'eau, Alice fume un joint. D'après le skipper, elle n'a pas dormi.

Nous amarrons la *Catin* au moyen d'un cordage que Job noue à un anneau sur la pile sud du pont. Accostés de la sorte, nous disposons d'une excellente position tout à la fois offensive et défensive ; nous sommes cachés à la vue des navires venant de l'amont, la pile du pont faisant de surcroît office de rempart pour la barge.

Alice nous rejoint, les yeux rouges et les joues pâlies par le manque de sommeil.

— Est-ce que ça va ? je m'inquiète.

Pour toute réponse, l'adolescente hausse les épaules. Je la connais assez pour savoir que son attitude signifie : « non, mais je suis pas du genre à pleurnicher, donc faites comme si ça allait. »

— Je me demande toujours où ils vont bien pouvoir dégoter des bateaux, s'interroge Florent sans s'adresser à quelqu'un en particulier.

— Hermine contre furet qu'ils vont embarquer sur un sablier, parie Job.

— Un sablier ?

— Il y a un quai à sable, à Pontrieux. Là où il y a du sable, on trouve des bateaux sabliers... Et si vous voulez mon avis, c'est une riche idée qu'ils ont eue là.

— Pour quelle raison ?

— Vous m'avez dit qu'ils avaient des bagnoles et des camions ? Il n'y a pas meilleur rafiot pour les trimballer de l'autre côté de la Manche.

Sils ne sont pas taillés pour de très longues traversées maritimes, la quille plate des sabliers et leur fardage peu important leur confèrent néanmoins une excellente tenue de mer, nous explique-t-il.

Pensif, je zieute le coude du fleuve qu'emprunteront Lenhardt et l'Équipée Sauvage à la marée montante.

— Très bien. Quel est le plan ?

— On attend qu'ils pointent leurs vilaines étraves et on leur tombe dessus, expose Job.

— Parfait... Et, euh, avec quelles armes ?

À l'exception des nôtres, je n'ai rien vu sur la *Catin Mariée* qui ressemble de près ou de loin à une armurerie ou une cache d'armes.

— Ces connards aiment l'esbroufe, pas vrai ? Répond le skipper. Soit. On va la leur jouer façon Pearl Harbor.

Ma perplexité l'incite à éclaircir :

— On a de l'essence et des largueurs hydrostatiques. C'est plus qu'il n'en faut pour bricoler de jolies bombes incendiaires. (Il fait un signe du menton en direction du Trieux.) Le fleuve ne pourra laisser le passage qu'à un bateau sablier à la fois. Quand ces salopards se pointeront à la queue leu leu, ce sera comme dégommer des canards en papier sur un stand de tir à la foire. Et avec la quantité d'essence qu'ils trimballent, sans parler des bagnoles, on peut s'attendre à un joli feu de joie !

Songeant que le dernier plan de ce genre s'est soldé par une issue amère, mon regard dérive vers la confluence bouillonnante des eaux du Trieux et du Leff, allégorie de la rencontre tumultueuse qui se jouerait si nous décidions de suivre Job dans son projet de bataille navale. À travers mon jean, j'effleure pensivement la crosse du Glock 9 mm de Mère-grand, me demandant ce qu'elle aurait décidé dans cette situation…

Je n'ai pas besoin d'y réfléchir longtemps.

Prenant une profonde inspiration, je sors le Glock de mon jean et le tends à Job.

— Vous savez vous servir de ça ?

— Tu plaisantes ? fait-il dans un ricanement.

Il s'en empare et arme le chien d'un geste expert. Je le dévisage longuement.

— Je peux vous poser une question ? Vous et Gisèle, vous n'étiez pas de *simples* flics, n'est-ce pas ?
— C'est ce qu'elle vous a raconté ?
— Elle a dit qu'elle était une sorte de flic.
— Sacrée Gisèle, s'esclaffe Job en secouant la tête. Sans m'en dire plus.

Après avoir retiré les radeaux qu'ils contenaient, nous remplissons les largueurs hydrostatiques d'essence. Puis, quand l'essence vient à manquer, le skipper doit – de très mauvaise grâce – recourir à son tord-boyaux improbable.

En moins d'une heure, nous avons sept « bibombes » à notre disposition.

— Maintenant, qu'ils y viennent, ces sagouins, clame Job avec une froide résolution.

Nous nous postons à la proue de la *Catin* et dardons nos regards sur le Trieux. Encadré à gauche et à droite par l'embouchure boisée du Leff et au-dessus de nos têtes par le pont de Frynaudour, le fleuve prend effectivement, sous cet angle, des allures de stand de tir à la carabine.

Ne manquent que les canards en papier...

Nous prenons notre mal en patience.

Les heures défilent, égayées par quelques classiques du surf rock. *Let's go trippin'* par Dick Dale et ses Del-Tones, *Bury my body* des Animals (« *Enterre mon corps, Seigneur, je me fiche à quel endroit...* ») et le truculent *Sloop John B* des Beach Boys se succèdent sous l'aiguille du tourne-disque. Des zombies de passage nous repèrent.

Incapables d'approcher l'embarcation, ils s'entassent sur la rive et restent là, à nous scruter en meuglant. Un mort-vivant plus téméraire que les autres s'aventure dans le fleuve et se noie. Un autre parvient presque à monter à bord, mais Job actionne à la hâte les pompes et le cadavre ambulant se retrouve aspiré dans le mécanisme de nettoyage de la barge ; il en ressort de l'autre côté à l'état de petits morceaux ballottés par une écume rosâtre.

Ce qui inspire au marin un commentaire grivois :

— La *Catin Mariée* avale, mais recrache toujours !

À son rire gras, je comprends qu'il meurt d'envie de faire cette plaisanterie depuis que nous avons appareillé.

Un peu avant seize heures, un bruit se fait entendre dans le lointain. Le vrombissement grave semble gagner en intensité…

Sur le qui-vive, nous nous redressons, arme au poing.

— On ne peut pas dire que ces rafiots soient discrets, chuchote Alice en scrutant le bras du fleuve.

— Ça ne ressemble pas au bruit d'un moteur hors-bord, murmure Job Le Guen.

Les sourcils broussailleux du skipper se froncent.

— Alors, qu'est-ce que c'est ? je demande.

— On dirait… *là !* Regardez !

Il lève son gros doigt au ciel. Suivant la direction indiquée des yeux, je repère un petit point noir qui grandit rapidement sur le fond azur. L'objet se mue en tache d'un rouge sombre, avant de prendre la forme distincte d'un aéronef. Un hydravion…

— Je veux bien être pendu, souffle Job, abasourdi.

— Il n'a pas l'air tout neuf, remarque Florent.

— Pour sûr ! Ce truc est une authentique antiquité. On ne construit plus de Laté depuis presque un siècle !
— *Latte* ?
Sur le coup, je jurerais qu'il parle d'un café crème.
— Latécoère L298. Triplace, moteur Hispano Suiza, huit cent quatre-vingts chevaux, quatre tonnes et demi en charge. Avec un vent de cul, ce zinc pousse jusqu'à cent quatre-vingts nœuds, fiston.
Personne ne pipe mot.
L'appareil surgi du passé nous survole à une altitude si basse que je suis capable de distinguer la position des gouvernes des ailes et de la dérive. C'est alors qu'un détail m'interpelle : les ailerons sont bloqués en position relevée, indiquant que l'hydravion est en descente…
Songeur, je questionne Job :
— À quelle distance on est de Pontrieux ?
— Quatre kilomètres à vol d'oiseau.
— On dirait qu'il remonte le fleuve, je souligne. En fait, on dirait qu'il se prépare à amerrir…
— Oui, j'avais remarqué, acquiesce Job.
— Alors, ils ont aussi des avions ?
— Je ne crois pas qu'un de vos copains soit aux manettes de ce coucou, me contredit-il en devinant le fond de ma pensée.
— Pourquoi ?
Il hausse les épaules en répondant :
— Nous serions déjà morts. Tu vois ce joujou monté sur le flanc du fuselage ? Du 7.5 mm. De quoi transformer la *Catin Mariée* en passoire en trois secondes chrono.
Et nous avec.

Job Le Guen semble autant intarissable sur les avions que sur la mer. Le L298 a volé pour la première en 1936, un mois à peine avant les Jeux Olympiques de Berlin. L'hydravion monoplan est de construction métallique, à l'exception des ailerons et des empennages en bois entoilé. Sa particularité consistait à pouvoir emporter une torpille, laquelle s'escamotait dans une sorte de soute à l'ouverture découpée dans le ventre du fuselage et accessible depuis la cabine. D'après Job, il en a été construit un peu plus d'une centaine d'exemplaires en tout et pour tout.

— D'accord, d'accord, on a pigé l'idée, c'est un super coucou, commente Alice en bâillant.

— Ah ! Tu ne peux pas être moins dans le vrai, la détrompe le skipper.

Dès le premier vol d'essai, les performances en vol de l'appareil se sont avérées désastreuses.

Bien qu'équipé d'un moteur puissant pour l'époque, le Laté restait grandement handicapé par ses flotteurs qui le rendaient, selon une image utilisée par le marin, aussi manœuvrable « qu'un piano à queue sur une patinoire ».

— Faut dire que le torpillage aérien, c'est une foutue idée d'ingénieur, pas de pilote, raille-t-il. Ça demande non seulement beaucoup d'habileté pour ne pas endommager la torpille au largage, mais il n'y a pas de cible plus facile qu'un zinc volant en ligne droite et à basse altitude…

Nous pistons du regard l'aéronef toilé d'un autre âge, glissant dans le ciel dans une direction sud-ouest, jusqu'à ce qu'il disparaisse derrière les arbres.

Je fais observer :

— Celui-ci a l'air d'avoir survécu à la guerre.

— Parce que ce gros cul volant n'a jamais participé au moindre combat, fiston.

J'ouvre de grands yeux.

— Il n'a jamais effectué de torpillage ?

— Pas un seul. Ce coucou est le plus grand fiasco de l'histoire de l'aviation militaire.

Florent va pour faire un commentaire sur ma passion pour les antiquités quand, soudain, l'écho d'un claquement sonore dans le lointain nous fait tous les quatre sursauter.

Des bruits de coups de feu.

Job identifie derechef la mitrailleuse de l'hydravion. Sans être catégorique, je confirme qu'il ne peut s'agir que de la cadence d'une arme de gros calibre…

— Sur quoi tire cet abruti ? demande Alice, déroutée.

— Peut-être des morts-volants, hasarde Florent.

Si cette remarque peut sembler loufoque, croyez-moi, on a vu *beaucoup* de choses en un an. En l'occurence, pendant notre séjour au supermarché, nous avons suscité plusieurs semaines durant l'intérêt d'un goéland zombifié, une petite saleté vicieuse que nous avions affectueusement surnommée Jonathan Livingdead.

En secouant la tête, je rétorque néanmoins :

— Pourquoi gaspiller des munitions sur des piafs ?

Subitement, la même idée nous frappe : la fusillade a lieu quelque part en amont du fleuve… Nous échangeons des regards incrédules.

— Bon Dieu, jure le vieux Job. On dirait bien qu'il est en train de se faire votre Viking et sa bande…

— Suis-je le seul à penser que nous ne devrions pas laisser passer cette opportunité ? je lance à la cantonade.

— Les ennemis de nos ennemis sont nos amis, pas vrai ? renchérit Alice.

Flo hoche vigoureusement la tête.

Sans plus attendre, Job le Guen s'élance sur le pont, défait l'amarre retenant la *Catin Mariée* et se rue dans la cabine de timonerie. Les pompes se mettent à gronder et l'embarcation branle par tous ses joints.

Puis, lentement, elle se met à avancer. Un sillage de vaguelettes de plus en plus prononcées se forme derrière nous. Au loin, le claquement de la mitrailleuse résonne toujours, tandis qu'un gros champignon de fumée noire s'élève dans le ciel céruléen.

Chapitre 11

De Pontrieux, l'ancienne ville marchande devenue étape touristique, il ne reste que des ruines.

Aux abords du port, des maisons aux toitures éventrées par des incendies contemplent un chaos de voiliers échoués, à demi coulés ou à l'abandon, à la coque recouverte d'une couche algueuse régulière marquant le cycle des marées. En aventurant la *Catin* plus en amont, nous trouverions probablement les bâtisses historiques, pour la plupart datant des dix-huitième et dix-neuvième siècles, dans un état semblable de délabrement. Jadis ville fleurie cotée, Pontrieux n'est plus désormais qu'une cité fantôme parmi d'autres. Quiconque a un jour fantasmé sur l'apocalypse en pensant que la nature revendiquerait pour elle les ruines de l'humanité s'est fourvoyé en beauté ; tout pourrit et se délite implacablement, mais tout *demeure*.

Il y a des choses que la terre ne veut pas absorber, ni la végétation ou les eaux recouvrir : des témoignages, des vestiges d'un écosystème autodestructeur, des souvenirs.

À bâbord, sur le quai de chargement auquel venaient autrefois accoster les bateaux sabliers, un jonc grossier a tout de même pris possession des monticules sablonneux.

Mais ce n'est pas tant ce panorama de désolation que ce que nous découvrons sur le quai à sable qui nous laisse interdits et pantois…

— Je veux bien être pendu, chuchote Job Le Guen en employant son expression coutumière.

Le vieux bougre n'exagérait pas lorsqu'il prétendait les mitrailleuses de l'hydravion capables de transformer tout ce qui passe dans leur ligne de mire en passoire.

Le convoi de l'équipée sauvage a été réduit à l'état de carcasses fumantes. Des voitures équipées comme pour un safari à l'ère jurassique, il ne reste que de la tôle criblée de balles, de la résine déchiquetée et des vitres étoilées. Dans l'épave de la Jeep Wrangler, les bras tordus de cadavres en sang pendent par les fenêtres, comme s'ils avaient tenté de s'enfuir. Le camping-car, troué comme un gros morceau de gruyère, brûle. Près de lui, le VLRA retourné présente à nous son essieu tordu. Les pneus ont éclaté.

Je crois de prime abord que tous les véhicules ont été rendus inutilisables, mais le Berliet semble toujours intact.

Il y a des corps partout. Tous ont reçu des balles de 7.5 mm. *La dérouillée du siècle.* Je fais remarquer :

— On peut dire qu'ils se sont pris une sacrée dose de karma instantané, sur ce coup-là.

Le pilote de l'aéronef nous a rendu, peut-être malgré lui, un immense service.

— Regardez ! fait soudain Job en montrant du doigt l'extrémité du quai.

La dérive entoilée de l'hydravion dépasse du rebord en ciment, à l'ombre d'un bâtiment d'environ trois étages, tout en tôle recouverte d'époxy, disposant d'un convoyeur et d'un silo cylindrique grimpé par une échelle. Mais je comprends vite que ce n'est ni sur l'entrepôt, ni sur le Latécoère que Job Le Guen veut attirer notre attention.

À moins de cinquante mètres de l'hydravion est posé un hélicoptère militaire, reconnaissable entre tous à son fuselage peint en gris mat. Long comme un autocar, son rotor principal comporte cinq pales équidistantes et ses flancs sont dotés de portes coulissantes.

Cette fois, c'est moi qui reconnais l'appareil, pour l'avoir piloté à quelques reprises dans mon jeu vidéo de simulation.

— Eurocopter EC725 Caracal. Moteurs Turbomeca Makila, développant cinq mille chevaux. *Ça,* j'ajoute avec un regard en coin à Alice, c'est un super coucou.

— On trouve vraiment ce genre d'engin dans le coin ? s'étonne-t-elle.

Job hoche la tête en répondant :

— Marine nationale… Il doit venir d'une des flottes basées à Brest ou Lanvéoc-Poulmic.

— De quelle autonomie dispose ce type d'hélico ?

Il réfléchit un court instant.

— Un millier de kilomètres, à vue de nez. De quoi pousser jusqu'en Écosse avec un réservoir plein.

Une explication commence à se faire jour.

— C'est pour ça que le pilote de l'hydravion les a attaqués, dis-je. Pour voler leur hélico.

— Une montée en gamme, opine Job. Ça se tient.

— Désolée de jouer la cinquième roue de votre club d'amateurs de mécaniques, dit Alice, mais si l'avion est là, son pilote ne doit pas être loin.

Parcourant du regard le quai à sable dévasté, je songe que l'adolescente est dans le vrai. En dépit du fait que les véhicules sont en majorité inutilisables, ils recèlent encore de vastes quantités d'essence et de munitions. Le pilote va vraisemblablement se livrer à un pillage en règle avant son départ pour d'autres cieux. Une manne que, pas plus que lui, nous ne pouvons nous permettre d'abandonner derrière nous. Flo se racle la gorge.

— Au temps pour les ennemis de nos ennemis...

— Ce type ne va certainement pas laisser des pique-assiettes se servir dans sa corne d'abondance après s'être tapé tout le sale boulot, pour sûr, opine Job derechef.

La *Catin Mariée* évolue toujours sur les flots gris, dans un gargouillement d'eau devenu familier. Nous avons tous la même idée à l'esprit ; c'est Alice qui la verbalise :

— Bah, on est quatre, il est tout seul, qu'est-ce qu'on risque à débarquer et faire connaissance ?

— On était prêt à affronter une légion de nazillons armés jusqu'aux dents, renchérit le skipper en haussant les épaules. Ce n'est pas un acrobate du dimanche qui va nous faire peur.

— Allons-y, approuve Flo à mon grand étonnement.

— Une minute, interviens-je, est-ce que nous sommes sûrs de vouloir faire ça ?

Ils se tournent vers moi. J'explicite :

— C'est juste que vous en parlez comme si... comme si vous vouliez le descendre.

— Uniquement s'il ne nous laisse pas d'autre choix, répond froidement mon petit ami.

Je scrute Florent avec intensité.

— Est-ce que je peux te parler seul à seul ?

Tandis qu'Alice et le vieux marin amarrent la *Catin*, nous nous isolons dans la cabine.

Flo est toujours contrarié et ne s'efforce même pas de le dissimuler. Il croise les bras dans une attitude indocile, ses yeux me considérant d'un air glacial.

— Écoute, dis-je en soutenant son regard, quand je te disais que les zombies avaient changé beaucoup de choses, c'était exactement de ça dont je parlais. Il y a un an…

— Il y a un an *quoi* ? me coupe-t-il avec une dureté rare. Je n'aurais jamais envisagé de buter quelqu'un pour de l'essence ? Navré, faut croire qu'une cheville explosée et voir tous mes amis mourir a pas mal changé mon point de vue sur les choses.

— Bon sang, Flo, est-ce que tu t'entends parler ? Tu ne te souviens pas d'une sorte de serment que nous avons prêté, dans lequel il était question de ne jamais provoquer la mort délibérément ?

— On tue des zombies à tour de bras et tu viens me parler du serment d'Hippocrate ? raille-t-il en grimaçant.

— Les morts-vivants sont *morts*, je rétorque d'un ton cassant. C'est *très* différent.

— Ah ouais ? Eh bien, tu peux remercier le type qui pilotait ce zinc de ne pas avoir eu autant d'états d'âme que toi. Sans lui, on serait encore amarrés sous un putain de pont à attendre sagement de finir comme les macchabées sur ce foutu quai !

— Oh, je t'en prie, parle-moi encore de cette manière de remercier qui consiste à loger une balle dans la tête du type qui nous a sauvé la vie…

— Il ne nous a pas sauvé la vie, il a sauvé *la sienne*. Et tu sais quoi ? C'est exactement ce que je compte faire moi aussi. Mais pour ça, il nous faut de l'essence et des munitions.

— Et ça justifie d'abattre un homme de sang froid ?

— Tuer ou être tué, ça ne te dit rien ? Parce qu'en ce qui me concerne, à ce jeu-là, la loi du talion bat le serment d'Hippocrate à plate couture.

— Donc ça justifie d'abattre un homme de sang froid.

— Figure-toi que du sang froid, j'en ai plus qu'assez d'en voir ! riposte-t-il sèchement.

— Merde à la fin, oublie cette stupide vendetta ! Tu veux prouver quoi, que tu es un homme ? je m'emporte.

Il secoue la tête en soupirant avec ostentation.

— Il faut bien qu'il y en ait un, ici.

Je me rembrunis.

— Qu'est-ce que ça veut dire ?

— Simplement que j'attendais de mon mec qu'il ait plus de couilles que ça. J'en ai par-dessus la tête de tes tergiversations et de tes atermoiements. Désolé si, pour une fois, on ne fait pas les choses comme *tu* l'entends.

Et sur ces mots, Florent se précipite hors de la cabine en poussant violemment la porte, qui bat sans se refermer.

C'est le moment que choisit Job pour venir s'encadrer dans l'embrasure. Excédé de voir le skipper me dévisager un long moment sans rien dire, je glapis brutalement :

— Quoi ?

— Tu sais, fiston, il n'a pas tort…

C'en est trop. Je le bouscule en sortant de la cabine.

— Allez tous vous faire foutre.

ॐ

Quelques minutes plus tard, pétoires à la main, nous arpentons le quai en ciment poli, recouvert d'une pellicule de sable crissant sous nos chaussures. Flo et moi reléguons la tension qui s'est installée entre nous à l'arrière-plan, moins parce que nous avons d'autres préoccupations que parce que le spectacle de dévastation qui s'offre à nous dépasse l'entendement.

Les dégâts causés par les puissantes balles de 7.5 mm sont encore plus impressionnants vus de près. En suivant le sillon de petits cratères bien nets qui bossèlent le sol, on peut se faire une idée de la trajectoire des tirs. Ils sont maîtrisés, faits de salves courtes et précises. *Pas du boulot d'amateur,* je songe.

Nous découvrons davantage de cadavres, à demi brûlés ou couverts de sang. Des mouches s'amoncellent déjà en nuages tournoyants. En dépit de la brise, douce mais soutenue, et de l'odeur de l'essence s'échappant des réservoirs percés, la puanteur demeure insupportable. Bien que les corps n'aient pas entamé leur processus de décomposition, la chair carbonisée affecte un effluve caractéristique. Je note que quelques mains serrent encore des canettes et des bouteilles. Ils ont été pris par surprise, au beau milieu de ce qu'on ne peut que supposer être la célébration de leur coup de maître à Paimpol.

— Mon seul regret, commente Alice, c'est de ne pas avoir buté moi-même ces raclures de fond de mirador.

La plupart des corps sont encore identifiables et plus nous progressons, plus un détail me chiffonne. Au bout de quelques minutes, je le formule à voix haute :

— Aucune trace de Lenhardt.

— Je ne l'ai pas vu non plus, confirme Florent.

Nous continuons d'avancer. Avisant le cadavre de ce qui pourrait passer pour un adolescent ou un très jeune homme, je le retourne du pied. Sous le sang séché barrant son visage bien amoché, on devine des traits lisses et des sourcils blonds.

— Celui-ci pourrait être Franklin, dis-je.

— Ce n'est pas lui, infirme Alice avec assurance.

— Pas non plus d'Eva Braun, ajoute mon petit ami en faisant allusion à Andréa.

Pas plus que de Monsieur Panou. S'ils ont survécu, il est de toute façon peu probable que ces quatre-là se soient attardés dans le coin.

— Regardez, là-haut ! s'exclame soudain Job.

Nous levons les yeux. Devant nous s'élève l'entrepôt, son revêtement en époxy beige étincelant dans le soleil rasant. Sur le toit, un drap blanc flotte dans la brise. On y a inscrit deux mots, à la peinture noire : AIDEZ-MOI.

Nous nous entre-regardons.

— C'est un peu gros, vous ne trouvez pas ? dit Job.

Mon regard se pose sur la guérite et le dispositif de badgeage à l'entrée du bâtiment.

— La porte est ouverte, fais-je observer.

— Et après ?

— Personne n'est assez stupide pour rentrer dans un bâtiment sans en verrouiller les accès... C'est le meilleur moyen de se retrouver pris au piège si des morts-vivants décident de s'inviter.

Le skipper hoche la tête d'un air qui semble indiquer que ces ruses, qui sont l'apanage du plancher des vaches, ne le concernent pas.

— Au moins, nous savons à peu près à quoi nous en tenir, conclut Alice. Pas vrai ?

— C'est un piège, dis-je en l'approuvant.

— Alors, on fait quoi ? lance Florent à la cantonade.

Job Le Guen se mure dans ses pensées de fin stratège des flots. Après quelques secondes, il suggère :

— Tendons-lui un piège de notre cru.

Nous dardons sur lui des regards peu convaincus. Le skipper hausse nonchalamment les épaules, comme si les déductions auxquelles il a abouti sont l'évidence même.

— Il s'attend à ce qu'on entre. Forçons-le à sortir.

— Et comment on fait ça ?

Job fait un signe du menton en direction du Caracal.

— D'après vous, comment réagirait notre petit copain si quelqu'un volait son nouveau joujou ?

J'ouvre des yeux ronds en le dévisageant.

— Vous savez piloter ?

Le skipper se fend d'un rire diabolique et plaisante :

— C'était ça ou une femme et des gosses !

Une fois que nous avons convenu d'un plan d'action, nous délaissons l'entrepôt et nous dirigeons vers le quai. Le bâtiment ne disposant d'aucune fenêtre pouvant faire office de poste d'observation, le pilote n'a aucun moyen de savoir ce que nous préparons, et nous misons sur le fait que le bruit de préchauffage des turbines de l'hélicoptère sera suffisant pour l'inciter à quitter sa tanière. Job gagne donc l'aéronef en trottant, tandis qu'Alice, Florent et moi prenons position à l'angle ouest du bâtiment.

Accroupis derrière une Toyota couchée sur le flanc, les canons de nos armes axés sur l'embrasure de la porte, nous patientons.

Un silence cafardeux règne, ponctué du piaffement nasillard de quelques goélands (bien vivants, ceux-là) et à peine troublé par le clapotis des eaux du fleuve. Sitôt les pales de l'hélicoptère militaire en mouvement, le calme cède place au sifflement caractéristique de l'air dans les compresseurs.

— Est-ce que ça ne va pas attirer des marcheurs ? s'inquiète Florent.

— Oh si, probablement, réponds-je. Cela dit, je doute que notre ami soit suffisamment armé pour se permettre d'attendre que le quai se transforme en *zombie party*.

De fait, nous n'avons pas à attendre longtemps.

Un homme étonnamment petit, portant une chemise à carreaux et un jean délavé trop grand pour lui, surgit de l'entrepôt, sa main gauche serrant un pistolet au canon chromé. Quoiqu'il soit impossible de distinguer les traits de son visage à cette distance, la tournure des événements semble le décontenancer.

Sa tête oblique dans toutes les directions, comme s'il cherchait quelque chose ou quelqu'un. Finalement, son regard se pose sur la Toyota...

Et demeure braqué dessus.

— Action, les garçons, fait Alice en armant son PX4.

D'un bond, nous nous redressons et mettons le pilote en joue. Celui-ci lève son pistolet, mais ses réflexes ne se révèlent pas assez prompts. Florent fait feu et du ciment pulvérulent jaillit du sol, à seulement vingt centimètres du pied droit du pilote...

— Lâchez ce flingue ! crie-t-il à son attention.

Si je n'étais pas au fait de l'adresse de mon petit ami, je penserais qu'il a manqué sa cible. Au contraire, je sais qu'il s'agissait d'un tir de semonce redoutablement précis. Et efficace : docilement, le pilote se défait de son arme et lève les mains en l'air. Nous l'entendons implorer :

— Ne tirez pas ! Je ne vous veux aucun mal !

Lentement, avec prudence, nous nous approchons...

Ce n'est qu'à moins de dix mètres de lui que nous le reconnaissons. À côté de moi, frappés de stupeur, Alice et Florent stoppent net. En dévisageant le jeune homme, je sens la colère monter en moi... et la douleur dans ma cheville se réveiller. Dans un murmure, je feule :

— Comme on se retrouve...

Et, m'efforçant de réprimer une tentation qui lui serait fatale, je raffermis ma pression sur le 9 mm pointé entre les yeux de Franklin.

꙳

— Ce n'est pas ce que vous croyez, laissez-moi vous expliquer... ânonne-t-il.

— Alice, va chercher Job, j'ordonne à l'adolescente sans quitter Franklin des yeux.

Il faut de longues secondes à Alice pour surmonter son abasourdissement. Et quelques secondes de plus pour baisser son arme…

— Attendez mon retour pour le buter, indique-t-elle en s'éloignant. Il va morfler sa race avant de crever.

Je lui donne mon assurance sur ce point.

— Il faut que vous m'écoutiez, supplie Franklin.

— Nous sommes tout ouïe, annonce Florent d'un ton calme. Des dernières volontés avant d'aller rejoindre tes petits copains en enfer ?

— C'est *nous* qui les y avons envoyés !

— *Nous* ? relève-t-il.

Alerté par un mouvement sur ma droite, je préviens mon mec d'un coup de coude et fait pivoter le canon de mon arme en direction de l'angle de l'entrepôt.

Andréa s'avance vers nous, les mains en l'air.

— Baissez vos armes. Je vous assure qu'elles ne sont pas nécessaires, proclame-t-elle posément.

— Deux sur trois, dis-je. Où est Lenhardt ?

— Je vous en prie. Laissez-nous vous expliquer.

J'échange un regard avec Florent qui tient toujours le blondinet en respect. Andréa prend place aux côtés de son protégé et nous étudie à tour de rôle.

— C'est *moi* qui pilotais l'hydravion, déclare-t-elle.

Une révélation posant davantage de questions qu'elle n'apporte de réponses. *Ou un autre mensonge.* Je la scrute avec intensité.

— Notez que j'ai beau me contreficher du sort de vos petits camarades, j'aimerais tout de même comprendre… Pourquoi ?

— Pour Franklin.

Je me tourne vers l'intéressé, l'incitant à éclaircir.

— Je n'ai jamais supporté ces types. J'en avais assez des beuveries, assez des raids éclairs et des saccages à n'en plus finir... Mais Léonard ne m'aurait jamais laissé partir, se récrie l'adolescent d'une voix chevrotante. Je ne voulais pas vous faire de mal, je le jure... Je suis désolé. Il m'aurait tué...

Nous fixant gravement, Andréa renchérit :

— Léonard trouvait Franklin trop faible, trop fragile. Il se méfiait de lui. Quand j'ai appris qu'il avait décidé de se débarrasser de lui, j'ai compris que nos chemins devaient se séparer. Définitivement. (Elle ferme les yeux en marquant une courte pause.) L'étape suivante sur notre parcours était la Maison de l'Estuaire, à Plourivo. C'est là que nous avons découvert l'hydravion.

La Maison de l'Estuaire borde les berges du Trieux, au pied du massif de Penhoat, à quelques kilomètres de Paimpol. Dans les années vingt, le domaine de quatre-vingt-dix hectares et son manoir ont été la propriété de Pierre Quéméneur, l'entrepreneur disparu au centre de l'affaire Seznec. Par la suite, le Conservatoire du littoral a acquis le site pour le transformer en écomusée. Et oui, si je le sais, c'est parce que Job a continué de jouer les guides touristiques pendant notre remontée du Trieux...

— Comme je suis la seule à savoir piloter, poursuit Andréa, ils m'ont laissée là-bas avec du carburant. J'étais censée les rejoindre à Pontrieux. Mais voilà, en fouillant l'appareil, j'ai trouvé une réserve de munitions pour la mitrailleuse, cachée dans le compartiment torpille...

Je commence à comprendre.

— Vous avez décidé qu'il était temps de voler de vos propres ailes.

— C'était une opportunité que nous ne pouvions pas laisser passer. Franklin et moi sommes restés en contact radio tout du long. Le moment venu, tout ce qu'il avait à faire était de s'abriter dans l'entrepôt.

— Vous mentez, décrète mon mec avec froideur.

— Non, je pense qu'elle dit la vérité, j'intercède.

Florent considère Franklin d'un regard haineux.

— Ce petit fumier nous a tendu un piège !

— Non ! Ce n'est pas *vous* que je voulais piéger... se défend l'adolescent.

Tout à coup, la lumière se fait.

— Lenhardt ? je devine.

Andréa hoche vivement la tête.

— Lui et son second ont réussi à s'échapper dans le pick-up, soupire-t-elle avec dépit. Mais je savais qu'ils ne partiraient pas sans l'hélico... En voyant notre appel à l'aide, ils se seraient imaginé que nous avions un problème et qu'ils pourraient nous avoir facilement.

— Et vous leur seriez tombés dessus ?

— Nous avons piégé l'entrée de l'entrepôt avec du C4 et des capteurs au sol.

Cette partie du plan est futée. Je me garde néanmoins d'exprimer mon scepticisme quant au succès de l'autre : jamais le Viking ou son sbire ne seraient tombés dans un piège aussi grossier...

— Plutôt nul comme plan, remarque Florent comme s'il lisait dans mes pensées.

Soupçonneux, je continue de questionner :

— Et d'ailleurs, pourquoi risquer de les affronter ? Qu'est-ce qui vous empêchait de vous faire la malle avec l'hydravion ?

— Nous avions besoin de l'essence et des armes, répond-t-elle. Quelque chose me dit que vous nous avez suivis pour les mêmes raisons…

— Ouais, lâche Florent. Ça, et l'envie de vous coller une bastos dans la tronche.

La groupie secoue la tête.

— Écoutez, ça n'a plus d'importance. Nous n'avons pas beaucoup de temps avant qu'ils reviennent…

Sur ce point, je suis on ne peut plus d'accord avec elle. Léonard Lenhardt se révélerait un ennemi nettement plus coriace à affronter. Je plonge un regard ardent dans celui de Franklin, comme pour le sonder. Ce que j'y vois me ramène aussitôt au gamin terrifié qui a répugné à nous abattre sur le parking du supermarché : « *Si je vous laisse partir et qu'ils le découvrent, ce sera adieu, Franklin…* » Le souvenir de cette soirée parachève de me convaincre. J'abaisse mon arme et fais signe à Florent de faire de même. Il hésite, mais capitule devant mon regard insistant. Andréa et le blondinet baissent les bras.

— Et maintenant ? interroge Franklin.

— Quand Alice et Job seront revenus, nous tenterons de sauver ce qui peut encore l'être, réponds-je. Essence, munitions, vivres, dans la limite de ce que peut transporter l'hélico. Ensuite, on se tire d'ici.

— Je ne suis pas sûre de savoir piloter l'hélicoptère, déplore Andréa.

— Par chance, Job sait piloter. Enfin, disons qu'il a l'air de savoir…

— Oh. (Elle prend subitement un air rêveur.) Donc, vous n'êtes que quatre.

Cette remarque me fait tiquer.

— Ça veut dire quoi, *vous n'êtes que quatre* ?

Dans notre dos, le cliquètement des chiens d'armes à feu qu'on abaisse me répond.

— Ça veut dire que vous n'auriez jamais dû baisser vos armes, enchérit une voix grave.

Florent et moi faisons volte-face, glacés d'effroi.

Léonard Lenhardt et Monsieur Panou pointent des fusils d'assaut dans notre direction, le premier arborant un regard mi-amusé, mi-admiratif, le molosse nous gratifiant pour sa part d'un rictus de sociopathe.

Andréa m'approche, esquisse un sourire faussement désolé, et me déleste de mon arme en roucoulant :

— Votre naïveté force l'admiration, mes chéris.

Le Crépuscule

"Sur le plan anatomique, il n'existe aucune différence notable entre le cerveau d'un homme du Paléolithique et celui d'un homme d'aujourd'hui. Tout ce qui les sépare est affaire d'éducation, d'adaptation du cerveau. L'homme préhistorique se prévalait déjà d'un cerveau suffisamment développé pour remplir toutes les fonctions complexes liées au raisonnement et à l'apprentissage que l'on trouve chez l'homme moderne. Mais il utilisait ses facultés dans son milieu naturel, tandis que nous mobilisons les nôtres sur le milieu artificiel que nous avons créé, musée moribond de nos illusions…

L'orgueil : c'est tout ce qui nous pousse à nous croire plus intelligents – ou *évolués* – que les zombies…"

Pr. Joseph Heuvelmans
(Journal personnel, entrée du 22 juin 2014)

CHAPITRE 12

Je me sens frustré, envahi par une vague de défaite. Andréa congratule son complice d'une tape sur l'épaule.

— Belle performance, Franklin. Je suis toujours très déçue que ces deux-là soient encore en vie alors que tu étais censé les tuer, mais nous verrons cela plus tard.

L'adolescent hoche vivement la tête, sans oser croiser notre regard – ni celui de son oncle. À la vue de nos mines accablées, un sourire hideux étire la mâchoire du Viking, ses dents brillant au milieu de la broussaille rousse qui lui sert de barbe. D'un ton neutre, il énonce :

— Je pense que nous vous devons une explication. Vous la méritez bien…

— Et moi je crois que vous pouvez vous la carrer au fond de vos culs de nazis dégueulasses, enroulée dans du fil barbelé rouillé ! crache Florent.

— À votre guise.

— Qu'avez-vous fait d'Alice et Job ? je leur demande dans un souffle pessimiste.

— Croyez-le ou non, répond Andréa, rien du tout. Il se trouve qu'un comité d'accueil les attendait devant l'hélicoptère quand nous sommes allés jeter un coup d'œil. J'imagine que nos amis morts-vivants leur ont réservé une réception appropriée.

Je darde un regard en coin vers l'hélicoptère, mais le hangar bloque la vue. De là où nous nous trouvons, je ne peux apercevoir que l'extrémité des pales de l'appareil. Elles ne tournent plus. Lorsque trois zombies apparaissent à l'angle de l'entrepôt, confirmant les dires d'Andréa, la colère me submerge, aussitôt suivie d'une peur sourde.

Je n'ose imaginer le sort qu'ils nous réservent à nous, d'autant que l'expression résolument sadique rivée sur le visage de Monsieur Panou ne laisse planer aucun doute quant à sa teneur…

M'efforçant d'ignorer le psychopathe qui nous fixe, je me tourne vers Lenhardt.

— Vous avez tué vos propres hommes. Pourquoi ?

— Nous devenions trop nombreux, répond Léonard Lenhardt en croisant les bras.

— Je ne comprends pas. Je croyais que c'était ce qui faisait votre force…

— Pendant un certain temps, oui. Mais voyez-vous, tout ce monde, ça n'a pas que des avantages. Ça représente beaucoup de besoins en munitions et en carburant, sans parler de la nourriture et de l'eau. Et puis, vous savez ce qu'on dit de la démocratie. En théorie, il n'y a pas de différence entre la théorie et la pratique. En pratique…

— En pratique, ils commençaient à remettre en cause votre leadership exemplaire ?

— Quelque chose dans ce goût-là, dit-il en souriant. Et de toute façon, l'appareil ne pouvait pas embarquer tout le monde…

Et soudain, le déclic se fait dans mon esprit.

Les motivations du Viking s'imposent à moi, aussi évidentes qu'insensées. Il me manque encore les détails, mais j'ai enfin la vue d'ensemble. Les pièces du puzzle s'imbriquent parfaitement, du supermarché abandonné aux zombies au massacre de l'Équipée Sauvage, en passant par les bateaux… Malheureusement, je ne sais pas vraiment comment abattre cette carte dans ma manche.

— Nous ne devrions pas nous attarder, fait remarquer Andréa. Le coin va bientôt grouiller de zombies.

Lenhardt hoche la tête, sans cesser de nous dévisager.

— Alors, finissons-en, décrète-t-il d'un ton funeste.

Sans autre forme de procès, il lève une carabine à verrou calibre .222 et la pointe sur nous. Je crois que cette fois est la bonne et un courant froid me traverse, mais contre toute attente, Monsieur Panou s'insurge :

— Chef, vous m'aviez promis !

Le Viking se mordille pensivement la lèvre inférieure. Son regard va de l'extrémité de la zone de chargement, où le nombre de morts-vivants grandit à vue d'œil, à moi et mon mec, comme s'il hésitait.

— Vous m'aviez promis, insiste Panou. Vous avez dit que j'aurais le droit de m'occuper d'eux.

Mon sang se glace.

— Oh, et puis après tout, abdique Lenhardt. Un peu de spectacle n'est pas de refus. Je vous prie néanmoins de faire vite, Monsieur Panou. Nous avons un vol à prendre.

Pendant qu'Andréa va chercher le pick-up (« Pas de bon spectacle sans musique », trouve-t-elle opportun de justifier), on nous conduit au milieu du quai. Comme des marcheurs approchent, le Viking claque des doigts en intimant un ordre muet à son neveu. Franklin hoche la tête et se dirige en trottant vers le Berliet. Il s'installe derrière le volant du gros camion militaire et met le contact. Le moteur prend vie en rugissant et le Berliet entreprend de décrire des cercles autour de nous, le rabatteur à griffes du pare-chocs boulottant les zombies un peu trop aventureux comme s'il s'agissait de vulgaires poupées de chiffon.

Je jette un œil à Florent pour voir comment il réagit. L'expression sur son visage me brise le cœur. Mon petit ami n'a jamais été particulièrement brave, cependant je ne l'ai jamais vu aussi irrémédiablement résigné et abattu.

Au moyen d'une télécommande, le Viking met en marche l'autoradio du pick-up. Amplifiée par les enceintes montées sur le toit, la batterie nerveuse de Tommy Ramone explose dans le silence. Tandis qu'Andréa nous tient en respect de son calibre .357, Léonard Lenhardt s'assied sur le toit du pick-up tel un Néron ouvrant les jeux du cirque. Il adresse ensuite un regard entendu à son sbire. Monsieur Panou s'avance vers nous en esquissant un sourire à faire froid dans le dos, le sourire d'un troll échappé des douves d'un château transylvanien.

Un sourire de cinglé sadique...

Je nous sais perdus, mais je suis déterminé à essayer de gagner du temps. Cette stratégie est bien la seule qui nous ait réussi jusqu'à présent.

C'est le moment de jouer mon atout...

— Vous ne pourrez pas vous cacher indéfiniment sur une plateforme, Lenhardt.

Et je sais, lorsque les yeux du Viking s'embrasent, que j'ai fait mouche. C'était pour ainsi dire un coup de poker : il y a encore un instant, je pensais qu'il s'agissait d'un bateau. Mais au dernier moment, l'hypothèse de la plateforme pétrolière m'a parue plus crédible. *Un endroit inaccessible autrement que par la voie des airs...*

D'un signe de la main, il intime l'arrêt à son sbire.

— Là, mon cher, vous m'épatez. Comment savez-vous pour la plateforme ?

— Je ne suis pas le seul au courant.

Bravade osée. Mais je mise sur le fait qu'une fois le doute insinué, il sera difficile au Viking de s'en départir. À mes côtés, Florent s'efforce de marcher dans mon bluff en affichant un air confiant. Lenhardt, lui, se racle la gorge.

— Et quand bien même d'autres seraient au courant, quelle différence cela ferait-il ?

— Je pense que c'est évident. Ils vous stopperaient.

— Ils *essaieraient*, rectifie-t-il.

— Je ne crois pas qu'il serait très difficile de mettre le feu à une plateforme pétrolière.

Hélas, je l'ai défié une fois de trop. Le Viking part d'un rire sonore en se tapant la jambe.

— J'ai failli marcher. Dommage qu'il ne s'agisse pas d'une plateforme pétrolière, mais *militaire*. Fort Roughs, au large de l'Angleterre, pour être plus précis. (Il sourit, satisfait de son effet.) Vous bluffez. Personne d'autre n'est au courant. Puis-je néanmoins me permettre de demander comment vous avez deviné ?

J'accuse le coup.

Mais du moment que nous continuons à parler…

— La première chose qui m'a mis la puce à l'oreille, même si je ne comprenais pas encore de quoi il retournait, c'est le supermarché. Je ne parvenais pas à m'expliquer pourquoi vous aviez voulu y attirer des zombies au lieu d'envoyer votre toutou nous égorger. Ni pourquoi vous n'aviez pas pris la peine de le piller avant de partir. Ce détail m'a chiffonné toute la journée. Et puis, quand vous avez dit que l'appareil ne pouvait pas embarquer tout le monde, j'ai compris. Vous ne parliez pas de l'hydravion, mais de l'*hélicoptère*. Du Caracal.

Florent est désormais totalement dérouté. Sans quitter le Viking des yeux, j'explique à mon mec :

— Il s'est débarrassé de ses hommes après qu'ils sont devenus inutiles et encombrants. L'unique raison d'être de l'Équipée Sauvage était d'amasser armes et munitions en vue d'un raid de grande envergure. Un raid et un seul.

— Lequel ?

— Si je devais parier, je dirais Brest…

Les yeux de Florent s'arrondissent de surprise.

— Le Dernier Bastion à la Fin du Monde ? Mais ce n'est rien de plus qu'un mythe…

— Je suis de plus en plus convaincu que ça n'en est pas un. Et je pense qu'au départ, l'idée était d'attaquer la ville par la mer, en débarquant grâce aux bateaux sabliers.

Le Viking acquiesce, sans cesser de sourire.

— Je puis vous assurer que le Bastion existe.

— Mais pourquoi un raid ? demande Flo, perdu. C'est de la folie furieuse…

— Je ne sais pas quel mensonge notre ami a raconté à ses hommes pour les convaincre de mener cet assaut. Mais la véritable raison était l'hélicoptère. Ou plus précisément, un hélicoptère militaire disposant d'une grande autonomie, du genre de ceux que la Marine nationale garde justement à Brest. Quand ils ont trouvé celui-ci, le raid est devenu obsolète. Tout comme le reste de l'Équipée Sauvage…

— Pourquoi cet hélicoptère est-il si important ? Et quel rapport avec les zombies dans le supermarché ?

— La voie des airs, réponds-je.

Florent comprend à son tour.

— Un pont aérien ?

— Entre la plateforme et le continent, j'opine.

Après avoir éliminé les groupes de survivants comme le nôtre, Lenhardt et ses complices peuvent disposer à leur gré de points de ravitaillement en armes, en munitions et en vivres. Tout ce qu'ils ont à faire est atterrir sur le toit, descendre quelques morts-vivants, faire leurs courses, et prendre le large avant que d'autres zombies aient le temps d'arriver. Zombies qui leur servent pour ainsi dire, au passage, de garde-chasses ou de vigiles…

Lenhardt a du mal à dissimuler son admiration.

— Êtes-vous familier au travail du professeur Joseph Heuvelmans ? demande-t-il.

— Non, admets-je. Un ami à vous ?

— Un ancien de la promo '45 de Nuremberg ? glisse Florent d'un ton enlevé.

— Un anthropologue et sociologue, pérore le Viking en ignorant la pique. L'un des premiers à s'intéresser aux morts-vivants sous un angle sociétal…

— Plutôt un ami d'Andréa, donc.

— Heuvelmans a compris que la survie de l'humanité ne résidait pas dans les groupes de survivants éparpillés dans tous les coins du pays, se raccrochant aux ruines d'une société qui n'était parvenue à produire que des êtres malades, prisonniers de conventions sociales qui n'avaient rien à voir avec notre nature profonde. Nous sommes des tueurs. Vous et moi avons survécu parce que nous avons gardé au fond de nous cet instinct hérité de la nuit des temps : tuer ou être tué.

Blasé par la familiarité de ce genre de discours, je le coupe en soupirant :

— Ne me dites rien. Cet ersatz d'Himmler a imaginé une nouvelle société plus en phase avec cette philosophie. Et vous l'avez suivi pour aller jouer au Nouvel Ordre Mondial au milieu de la Manche.

— Tout ce que nous faisons, c'est bâtir une nouvelle humanité, libérée du fardeau d'un orgueil malsain nourri par des siècles de conformisme.

— Vous êtes complètement cinglé, vous le savez, ça ?

— Au fond, j'avais raison depuis le début, lâche Flo. Vous n'êtes rien de plus qu'une bande de nazis au rabais.

C'en est trop pour Lenhardt.

— Bien. J'en ai assez entendu comme ça, décide-t-il froidement. Je vous saurais gré d'arracher leurs langues en premier, Monsieur Panou.

Le cerbère acquiesce d'un signe de tête, rayonnant d'un enthousiasme inquiétant, et fait craquer ses phalanges avec délectation avant de se diriger vers Florent.

Mon sang ne fait qu'un tour.

— Si votre monstruosité touche à ne serait-ce qu'un *cheveu* de mon mec, je vous jure qu'il va regretter ses burnes, je les menace d'un ton mauvais.

Je veux m'interposer entre le molosse et mon mec, mais Panou me repousse sans ménagement. Il plante son regard de jais dans le mien.

— Toi, je te garde pour la fin, rauque le sbire d'une voix monocorde.

Andréa secoue la tête en agitant le canon de son fusil pour me rappeler qu'intervenir n'est pas dans mon intérêt. Revenant à Flo, le sadique produit un coutelas incurvé au bord dentelé. De sa main libre, il saisit la mâchoire de mon mec. Quand ses doigts fouillent sa bouche, Florent pousse un hurlement horrifié. L'estomac noué, je me tourne vers Lenhardt pour supplier :

— *Arrêtez ça !*

Le Viking s'en amuse.

— Navré, mais vous n'êtes pas en position de…

— *Lenhardt !* l'interpelle une voix aiguë.

L'intervention suspend le geste de Monsieur Panou. Nous nous tournons tous dans la direction d'où provient la voix. La première chose que je remarque, c'est le Berliet toujours en mouvement, la portière côté conducteur grande ouverte. Puis, dans l'habitacle, je distingue l'éclat argenté d'un pistolet de poche…

L'avant-bras fermement pressé contre sa gorge et le PX4 Subcompact collé sur sa tempe, Alice tient Franklin en respect derrière le volant.

— Ma chère, vous devriez être morte, lance le Viking sur le ton de la conversation.

— Toi, ta pute et ton mongolien taré, vous allez les relâcher tout de suite. Sinon je repeins le quai avec la cervelle de cette petite fiotte !

Je surprends une lueur inquiète, furtive, dans le regard d'Andréa. Quant à Franklin, le moins qu'on puisse dire, c'est qu'il n'en mène pas large – et si mon intuition sur la suite des choses est juste, le gamin a toutes les raisons du monde d'être inquiet. Maître de lui, le Viking est pour sa part obnubilé par l'adolescente s'employant à contrecarrer ses plans pour la soirée. Pour forcer la main à Lenhardt, Alice ordonne à Franklin à arrêter le moteur. Le camion militaire ralentit et stoppe, ce qui permet aux zombies de recommencer à avancer. Je surveille leur progression du coin de l'œil. Pourvu qu'Alice nous procure une fenêtre d'action, la situation pourrait tourner à notre avantage.

Ou bien au désastre…

Dans tous les cas, cela vaut mieux que de finir entre les griffes de Panou.

— Tiens-toi prêt, je chuchote à Florent.

— Prêt à *quoi* ?

Je réponds par un haussement de sourcil signifiant que je n'en sais encore rien. *Qu'a dit Job ? Les plans sont pour les généraux couards et les architectes.*

Là où il y a des cadavres étendus au sol, il y a peut-être encore aussi des armes, du moins je l'espère. Je ne me risque toutefois pas à attiser les soupçons de Monsieur Panou en fouillant les lieux du regard d'une manière qui soit trop évidente. Lorsque Lenhardt finit tout de même par s'inquiéter des zombies continuant d'approcher, il fait signe à Andréa qui se charge d'éliminer les plus proches.

Puis il reporte son attention sur l'adolescente.

— Je crains que le temps nous manque quelque peu, alors je vais aller droit au but. Bien que je sois très attaché à ce cher Franklin, je dois vous faire un aveu…

D'un geste rapide, il lève le canon de sa carabine et confirme mon intuition en faisant feu. Franklin se tord de douleur, une tache rouge s'élargissant sur sa chemise.

— Malheureusement, je n'ai jamais vraiment eu la fibre avunculaire, ponctue le Viking.

De la gorge du blondinet monte un gargouillement grotesque. La balle a dû perforer un poumon, car il crache un sang écarlate qui étouffe son cri d'agonie. Son corps sans vie glisse hors du camion. *Adieu, Franklin.*

S'il fallait qu'il y ait un signal, c'est bien celui-là.

Je bondis pour enfoncer mon poing dans le visage de Monsieur Panou. Ce geste surprenant d'audace prend le sbire au dépourvu et il vacille en grommelant, lâchant le coutelas qui roule sur le sol.

Florent ne demande pas son reste et s'élance derrière une carcasse de voiture. Retranchée dans l'habitacle du Berliet, Alice se met à tirer, forçant Lenhardt et Andréa à s'abriter derrière la remorque du pick-up. Ils ripostent, et le quai de chargement résonne d'une formidable fusillade.

Monsieur Panou semble cependant ne pas craindre les balles : le molosse fond sur moi avant que je puisse me mettre moi-même à l'abri.

Conscient que je ne fais pas le poids, j'ai un réflexe insensé. Les jambes tendues, tête baissée, je percute son estomac comme une locomotive. Je m'assomme à moitié dans la manœuvre et constate de surcroît avec effarement que Panou a encaissé le choc sans broncher. En fait, il n'a même pas bougé d'un centimètre...

— À mon tour, dit-il dans un grognement.

Le coup de poing qu'il me décoche fait danser des points jaunes devant mes paupières et bourdonner mes oreilles. Ma tête tourne tant que je dois m'appuyer sur une voiture pour ne pas m'effondrer. Chancelant, je fais volte-face pour faire front à mon adversaire, lequel grimace un sourire carnassier à la perspective de la suite des choses.

Mon salut vint de Florent.

La vue encore floue, j'enregistre un éclair coloré et l'éclat de quelque chose de métallique qui va s'enfoncer dans le torse nu du molosse. Panou pousse un cri bestial.

Lorsque je recouvre la vue, je vois le sbire s'éloigner à reculons, l'épaule transpercée par un javelot – du genre de ceux qui décoraient les bolides de l'Équipée Sauvage dans son heure de gloire... Ce genre de dégâts terrasserait n'importe quel homme de constitution normale, mais droit comme un roc, Panou braque inlassablement sur nous son regard meurtrier. Mon mec me prouve néanmoins qu'il a de la suite dans les idées.

Il hurle quelque chose d'inintelligible à l'attention d'Alice, toujours accaparée par l'échange de coups de feu avec le Viking et Andréa.

Je songe qu'il y a peu de chance qu'elle comprenne un traître mot au milieu de ce vacarme aux accents de guérilla, mais j'ai tort : l'adolescente remet le moteur en marche et le camion bondit en avant, son appendice de moissonneuse batteuse toutes griffes dehors... et Monsieur Panou droit sur sa trajectoire.

Les yeux écarquillés, le molosse se retourne juste à temps pour voir fondre sur lui le camion militaire. Surpris, il trébuche en voulant s'écarter de son chemin.

Le rabatteur à griffes tournoyant et la barre de fauche ne lui laissent aucune chance. Malgré le chaos qui règne sur le quai de chargement, le spectacle du sbire sadique boulotté par les lames, pulvérisé en petits bouts de viande sanguinolents auxquels s'accrochent encore des morceaux de peau tatouée, occupe momentanément l'attention du Viking et d'Andréa. Je tire parti de ce court répit pour me mettre à couvert, trouvant refuge auprès de Flo derrière l'essieu d'une vieille Fiat couchée sur le flanc. Emporté sur sa lancée, le Berliet fait efficacement rempart contre les tirs de Lenhardt et Andréa. Alice profite que le camion se trouve entre eux et nous pour sauter par la portière et nous rejoindre ; le Berliet, lui, va percuter un muret.

— Bien joué, je la félicite lorsqu'elle déboule à côté de nous, les cheveux ébouriffés.

— Deux de moins, plus que deux, commente-t-elle en rechargeant son Subcompact. Oh, je crois que c'est à toi...

Alice me tend une arme – et pas n'importe laquelle : mon Manufrance Le Français. Presque religieusement, je referme mes doigts sur la crosse familière.

— Comment...

— Franklin l'avait sur lui, anticipe-t-elle. Avec ça.

L'adolescente me confie deux boîtes de cartouches, que je glisse dans mes poches avant de m'enquérir :

— Où est Job ? On vous croyait morts...

— Job nous attend à l'hydravion. Il croit être capable de le faire décoller.

— Mais… et l'hélicoptère ? proteste Florent.

Des balles percutent la Fiat. Alice et moi nous levons pour faire rugir nos canons à notre tour. Après l'échange de tirs, l'adolescente répond :

— Ces fumiers ont cadenassé le train avant avec des chaînes. À moins que vous ne cachiez des chalumeaux sous vos t-shirts, on n'ira nulle part dans ce coucou. Mais ce n'est pas le principal problème, soupire-t-elle d'un air anxieux. Nous n'avons plus beaucoup de temps.

Je crains de comprendre.

— Job a été mordu ?

— Ouais. Comme si les chaînes ne suffisaient pas, un zombie était enfermé dans la cabine. Un foutu traquenard. Ça fait déjà plusieurs minutes, alors si vous avez une idée géniale, c'est le moment ou jamais.

Les projectiles de .222 se remettent à pleuvoir autour de nous. Mon esprit fonctionne à toute vitesse.

— Tu as toujours les Zippo sur toi ? je l'interroge.

Elle fronce les sourcils.

— Oui. Pourquoi ?

— La dernière fois que j'ai regardé, il y avait tout un tas de bidons remplis de fioul à l'arrière de ce pick-up…

Alice produit un sourire diabolique, sort le sachet de sa poche et en extirpe un petit galet argenté. De mon côté, je fouille du regard les alentours et finis par repérer l'objet de mes recherches.

— Couvre-moi, fais-je à Flo en lui tendant mon arme.

Il se redresse pour arroser le pick-up – tâche pour laquelle le Manufrance 6.35 millimètres, avec sa cadence rapide, est tout désigné. Je m'éloigne de la voiture à quatre pattes, rampant au milieu de cadavres à moitié carbonisés. À une main rigide, j'arrache une bouteille à demi entamée de Jack Daniel's. J'en profite pour délester le corps d'un semi-automatique et de ses cartouches.

Je m'empresse ensuite de revenir m'abriter des balles s'écrasant sur le ciment. J'échange avec Florent le semi-automatique contre le Manufrance. En voyant la bouteille, Alice devine immédiatement :

— Cocktail Molotov ?

— Avoir été étudiant sous Sarkozy a ses avantages, je confirme dans un demi-sourire.

J'élabore le dispositif artisanal de mon mieux avec les moyens du bord. Une chaussette – la dernière qu'il me reste – fait office de mèche. Je l'imbibe copieusement, l'entortille pour la passer par le goulot, puis m'assure que son extrémité trempe bien dans le fond de bourbon.

Le crépitement des balles diminue en intensité sur la carcasse de la Fiat. Me souvenant que l'arme de Lenhardt est une carabine, je suppose qu'il est en train de recharger.

C'est le moment ou jamais, je songe.

J'actionne le Zippo et enflamme la mèche.

— Démonstration… j'annonce en faisant allusion aux prouesses de Mère-grand et d'Alice à bord du *Batillya*.

Je me lève d'un bond, prends le temps de jauger la distance nous séparant du pick-up, arque mon bras et lance notre grenade de la dernière chance. Le cocktail Molotov décrit une courbe disgracieuse, malmenée par la forme même de la bouteille de Jack qui n'a guère été pensée en des termes aérodynamiques. En l'air, la flamme menace de s'éteindre. Je retiens mon souffle.

Le projectile incendiaire s'écrase dans la remorque de la camionnette... et tout est noyé dans un feu liquide.

Les jerricans explosent de proche en proche, dévorés par des températures extrêmes. Le pick-up noir disparaît dans un magma jaune orangé et les tirs cessent.

— On y va ! crie Alice avec un enthousiasme féroce.

Sans demander notre reste, nous fonçons en direction du bord de quai auquel est amarré le Latécoère L298.

Un cri strident couvre tout à coup le rugissement du feu derrière nous.

Jetant un œil par-dessus mon épaule, je vois Andréa surgir de derrière la remorque en agitant les bras comme une furie. Des flammes lèchent son corps avec avidité et ses doigts recroquevillés la font ressembler à une chauve-souris sortant tout droit de l'enfer. Son cri module dans des fréquences que je pensais impossible à atteindre avec des cordes vocales. La torche humaine titube sur quelques mètres avant de s'effondrer sur le ciment du quai.

J'entends le Viking hurler son nom.

Son hurlement s'éteint dans le souffle du brasier.

— Eh bien... Au temps pour le serment d'Hippocrate, me nargue Florent.

— Il ne concerne que les êtres humains, je rétorque.

Nous retrouvons Job dans un piteux état. Sa peau a d'ores et déjà commencé à perdre ses couleurs et ses yeux présentent une teinte vitreuse. Juché sur le flotteur tribord de l'hydravion, il déleste le vieil appareil de ses amarres.

— Grimpez, les jeunes… dit-il d'une voix faiblarde.

Florent disparaît le premier dans le cockpit, talonné par le skipper en sursis.

Quand je tourne la tête pour surveiller nos arrières, je vois juste à temps le Viking nous mettre en joue, retranché derrière l'angle de l'entrepôt. Nous faisons feu en même temps. Dans mon dos, un claquement métallique résonne. Lenhardt pivote en se mettant à couvert derrière le mur pour recharger.

Je me retourne pour constater les dégâts. Un trou bien net est apparu dans le fuselage bosselé… et Alice est pliée en deux, les mains sur son bas ventre.

— Alice ?

— Merde… Je… J'ai…

Elle gémit de douleur et ses jambes s'affaissent.

— Oh non, je souffle en la rattrapant de justesse.

Ma main se pose sur quelque chose de poisseux au niveau de sa hanche. *Du sang…*

— Alice, appuie-toi sur moi, on va…

— Va-t'en.

— Va te faire foutre, il n'est pas question que…

— T'en… fais pas.

Les doigts crispés sur mon épaule, l'adolescente est agitée de spasmes. Ses lèvres tremblantes se posent sur ma joue, puis elle murmure à mon oreille.

— Maintenant… je suis sûre que… la vie est plus belle… après la mort…

Les larmes aux yeux, je demande d'une voix brisée :

— Pourquoi tu dis ça ?

— Parce que la vie… n'a jamais été belle… ici.

Elle braque sur moi des yeux terrorisés. Puis ses bras retombent, ballants, le long de son corps.

Et c'est fini.

Une deuxième balle atteint l'aéronef. Me retournant pour riposter, mon regard croise celui de Lenhardt.

— Je vais te faire la peau, crevure ! Tu m'entends ? *Je vais te tuer !* je beugle sans cesser de tirer, incapable de contenir ma colère.

Une volée de représailles hache menu le petit drapeau breton monté sur le flotteur.

— Monte, fiston ! m'exhorte Job.

Le cœur gros, je dépose le corps d'Alice sur le quai et m'engouffre dans le cockpit.

Job Le Guen a mis les gaz. Florent écrase un poing rageur contre le tableau de bord, ses yeux brûlant de toutes les flammes de l'enfer dans lequel il compte bien lui aussi envoyer le Viking avant le coucher du soleil.

L'hydravion s'éloigne du quai de chargement. Par un hublot latéral, j'entrevois Lenhardt, dégageant les chaînes qui entravent le train d'atterrissage du Caracal. Un rictus de pure haine déforme son visage.

Je tapote l'épaule du skipper en le pressant :

— Fais-nous décoller et vite !

— Désolé, fiston, je dois prendre le vent pour limiter la contre-gîte due aux vagues…

— C'est un *fleuve*, bordel, il n'y a pas de vagues !

— Si ça ne te plaît pas, prends ce foutu manche…

Ce que j'identifie comme étant le compteur de vitesse affiche cinquante nœuds.

Plus vite. Plus vite…

Carabine à la main, Lenhardt disparaît dans le ventre massif de l'Eurocopter. Quelques secondes plus tard, les pales de l'hélicoptère militaire commencent à girer. Avec une lenteur exaspérante, notre appareil arpente lui toujours la surface lisse du Trieux…

Les yeux rivés sur l'hélicoptère, je secoue la manche de notre pilote improvisé :

— Job, navré de me montrer insistant, mais il faudrait *vraiment* passer la seconde.

— Laisse-le se concentrer ! houspille Florent.

Enfin, à mon grand soulagement, les flotteurs du Laté s'arrachent au fleuve et nous montons au-dessus des eaux. Dans les secondes suivantes, l'Eurocopter Caracal s'élève verticalement à son tour pour se lancer à notre poursuite.

Maintenant, c'est lui ou nous.

CHAPITRE 13

Paré à en découdre, je passe le canon du 6.35 mm par le hublot latéral, en indiquant à mes compagnons :
— Il passe sur tribord !
Le Viking tente d'obtenir la meilleure ligne de visée. Toutefois, Lenhardt doit se douter qu'il me confère un avantage similaire. Nous échangeons quelques tirs ; aucun n'atteint sa cible, ni de son côté, ni du mien, sans doute à cause de notre appréciation des trajectoires faussée par l'écart de vitesse entre nos deux appareils. Une erreur que lui et moi corrigerons rapidement, annonçant un prochain échange autrement plus dévastateur…
Lorgnant le capteur de vitesse, j'avise que nous nous élevons péniblement à cent vingt nœuds.
— Bordel, Job, interviens-je en rechargeant le semi-automatique, je croyais que tu avais dit que ce coucou pouvait pousser à cent quatre-vingts nœuds…
— Si je pousse le moteur à cette altitude, on risque d'être en survitesse…

— Fais-le.

Non sans marquer un instant de réticence, il s'exécute en poussant la manette des gaz. Les moteurs renaudent en grondant et l'appareil tout entier se met à secouer comme une machine à laver en phase essorage.

— Cent trente nœuds, annonce Job.

Puis, quelques secondes plus tard :

— Cent quarante...

Tout à coup, mon sang se glace : la gueule d'un tube lance-roquettes vient de jaillir du cockpit du Caracal...

— *Job !* je crie pour attirer son attention.

Le skipper jette un œil par-dessus son épaule, voit le lance-roquettes et étouffe un juron, le cou tendu.

— Cramponnez-vous, les gamins !

À la hâte, il tire la manette des gaz et redresse si fort le manche que j'ai peur qu'il l'arrache. Le Latécoère émet un râle rauque et ralentit brutalement, comme si quelqu'un avait tiré le frein à main sur une voiture lancée à cent à l'heure. La résistance du vent augmente perceptiblement contre la carlingue. Les flotteurs se mettent à trembler, secouant tout l'appareil. Au même moment, j'entends le sifflement caractéristique d'un projectile fendant l'air à toute vitesse. La roquette à charge creuse nous manque d'à peine cinq mètres ; nous la voyons décrire un arc de cercle devant le nez de l'hydravion, à l'endroit exact où il se serait trouvé si nous n'avions pas manœuvré.

Manœuvre hélas pour le moins stupide : privé de la puissance de son moteur, le Latécoère décroche, basculant à la rencontre du fleuve avec la grâce d'un cachalot volant.

— Redresse ! implore Florent, terrifié.

— Nom de Dieu, qu'est-ce que tu crois que j'essaie de faire, p'tit génie ?

Job Le Guen manque peut-être de réflexes, mais il actionne les commandes et les leviers d'une main experte. Peu à peu, le nez de l'engin se cabre dans un gémissement de forces aérodynamiques contrariées. Job remet les gaz pour pallier la perte de vitesse. En moins de dix secondes, l'hydravion retrouve une ligne de vol classique, le Trieux reprenant docilement sa place à quelques cinquantaines de mètres sous nos pieds.

Je suis bluffé, je dois l'admettre.

Cependant, il n'y a pas lieu de crier victoire. Lenhardt est toujours à nos trousses et j'ai comme le sentiment que nous l'avons légèrement énervé. Le son saccadé et rapide d'une mitrailleuse me conforte dans cette pensée…

La mitrailleuse.

Jetant un œil en coin à la grosse tourelle anodisée fixée à bâbord, je comprends tout à coup la raison pour laquelle le Viking se maintient sur notre flanc droit.

Pourquoi diable n'y ai-je pas pensé plus tôt ?

— Il faut qu'on change de bord, dis-je avec aplomb.

À l'air ahuri de mon petit ami, je devine qu'il n'a pas suivi le fil de ma pensée. Jugulant mon exaspération, je grogne à son endroit :

— *L'avion*, je parle de l'avion !

Avant de me retourner vers Job.

— Il faut le faire changer de bord…

— Fiston, désolé de pisser dans tes bottes, mais ce zinc se comporte comme une merde. On aura de la chance s'il ne se désintègre pas en plein vol à la moindre…

— On aura de la chance si ce fils de pute ne nous colle pas une roquette dans la carlingue, je réplique sans me démonter. Job, ce salopard veut éviter de se retrouver dans la ligne de mire de notre mitrailleuse. Il faut qu'on le force à venir par bâbord.

Le crépitement du semi-automatique de mon mec intervient à point nommé pour le ramener à l'urgence de tenter quelque chose, n'importe quoi. Le skipper hoche la tête d'un air déterminé :

— D'accord. Si vous insistez…

Colonne de contrôle entre les genoux, sa main droite serrée sur la manette des gaz, Job prend subitement de l'altitude et annonce :

— Je vais tenter un Immelmann.

J'écarquille les yeux en m'écriant :

— Tu n'es pas sérieux ?

— Il va tenter *quoi* ? m'interroge Florent.

— Un Immelmann. Une manœuvre de retournement rapide. Pense à *Top Gun*.

— Je n'ai jamais vu *Top Gun*…

— Tu es gay et tu n'as jamais vu *Top Gun* ?

— Avec tout l'amour du monde, tu es gay et tu détestes Rihanna, alors va te faire foutre !

Tandis que le skipper continue de monter, j'explique à Flo que l'idée de la manœuvre est de plonger en piqué pour gagner de la vitesse, avant d'effectuer une demi-boucle, suivie d'un demi-tonneau. J'en profite pour faire part à Job de mon scepticisme quant à nos chances de succès, étant entendu qu'un hydravion ne se comporte pas exactement comme un avion de chasse…

— On va le savoir très vite, lâche-t-il avec un certain fatalisme. Accrochez-vous !

Job repousse le manche et nous plongeons.

Le Caracal paraît surpris par la manœuvre, mais son pilote n'hésite pas une seconde et descend de concert pour se maintenir à notre hauteur. Cette manœuvre monopolise cependant toute sa concentration et l'empêche de faire feu. Ce qui, à cette distance, est une bonne chose : l'Eurocopter se trouve maintenant à moins de cent mètres de nous, et il y a fort à parier que Lenhardt nous larderait de balles ou de roquettes s'il en avait la latitude.

Enfin, nous remontons, à un angle si raide que j'ai brièvement l'impression que nous grimpons à la verticale, et Job lance l'avion dans la demi-boucle inaugurant la manœuvre. Elle est plutôt réussie, à en juger par les arbres qui tournoient par la vitre. C'est le rouleau qui m'inquiète. Je ne crois pas avoir jamais entendu parler de quelqu'un ayant fait effectuer un looping à un hydravion.

Pas avec succès, du moins…

Lorsque Job l'amorce, le moteur – véritable miraculé si on considère les flotteurs réduits à l'état de gruyères – vrombit son mécontentement. L'espace d'un instant, je suis tellement désorienté que je ne sais même plus où sont le haut et le bas. Au milieu de cette manœuvre insensée, des balles s'écrasent contre le fuselage. Dans un réflexe, Florent et moi nous baissons. Le pare-brise vole en éclats au-dessus de nos têtes et une rafale d'air frais s'engouffre dans le cockpit.

Les forces d'accélération nous clouent à nos sièges, nous empêchant momentanément de riposter.

Heureusement, notre nouvelle trajectoire nous place dans l'angle mort de l'hélicoptère et Lenhardt se trouve à nouveau dans l'incapacité de diriger son feu sur nous. Job abaisse la colonne de contrôle et fait prendre à l'hydravion un lacet serré pour nous ramener parallèles au fleuve.

L'Eurocopter vire de bord, complètement dérouté. Le Viking tire, mais la bordée de balles s'égare loin devant nous. Sans autre choix, il redresse pour venir par bâbord. Droit dans la ligne de mire de la mitrailleuse…

À peine ai-je le temps de surmonter ma stupéfaction d'avoir survécu à cette acrobatie démente que le skipper me secoue l'épaule.

— La mitrailleuse, m'exhorte-t-il en toussant.

Je ne me le fais pas dire deux fois. Sautant de mon siège, je prends place aux côtés de mon petit ami et arme la machine d'un autre âge.

Dans un boucan infernal, j'arrose l'Eurocopter d'une salve de projectiles de 7.5 mm. L'hélicoptère militaire vire à nouveau de bord pour esquiver les balles, passant sous notre appareil et s'éloignant de nous pour préparer une autre approche. Flo en profite pour lui décocher quelques tirs depuis le hublot opposé, visant les pales.

— Qu'il y revienne, cet enculé !

Subitement, l'avion perd en régime et le nez s'incline.

— Job ? Qu'est-ce que tu fous ? je grommèle sans me retourner. Corrige l'assiette !

Mais je n'obtiens pas de réponse… Je fais volte-face. Juste à temps pour voir mon petit ami sursauter dans un mouvement de recul et faire pivoter le canon de son semi-automatique pour le pointer sur le skipper.

— Fais chier, jure-t-il dans un souffle.

Job Le Guen émet un meuglement qui n'augure rien de bon. *C'est fini. Il n'est plus avec nous.*

— Est-ce que les morts-vivants ne sont pas censés conserver certains réflexes de leur vie passée ? questionne Flo. Parce que si piloter en faisait partie, je t'avoue que je me sentirais beaucoup mieux sur ce coup-là…

— Je *sais* piloter. Il est temps que je prenne le relais, dis-je avec assurance en me faufilant à l'avant.

Du pied, je plaque la tête du marin contre le hublot latéral pour éviter de me faire mordre. L'hydravion pique désormais dangereusement du nez.

— Jouer à un *jeu vidéo* et *piloter un avion*, ce n'est pas exactement la même chose…

— C'est exactement la même chose, le contredis-je en détaillant cadrans, jauges et boutons. Et puis, le plus dur, c'est de décoller et d'atterrir.

— Ouais, eh bien on n'a pas encore atterri…

— J'y suis presque…

Mais je ne peux pas accéder au manche tant que Job se trouve toujours dans son siège. Son regard hagard s'est allumé d'une lueur crayeuse que je ne connais que trop bien. De ses mains encore libres, il agrippe mon mollet.

— Débarrasse-moi de lui, j'ordonne à mon mec.

— *Quoi ?*

— Tire-le à l'arrière avant qu'il me bouffe la jambe !

— Et qu'est-ce que je suis censé faire avec lui ? Un backgammon ? Il faut le buter avant que…

— Si tu fais feu dans le cockpit, tu risques de toucher une des commandes de vol…

— Commandes de vol, mon cul !

— Flo, fais ce que je te dis *ou on va s'écraser !*

Il s'exécute de mauvaise grâce en agrippant Job par le bras, gardant le sien à une distance respectueuse de ses mâchoires. Après que je l'ai libéré de son harnais, le corps imposant du skipper bascule sur la banquette arrière en gigotant et je m'installe à la hâte dans le siège du pilote. Florent improvise une clef de bras pour plaquer Job sur le plancher. Depuis le cockpit, j'entends le mort-vivant se débattre en tambourinant des pieds, ses coups entrecoupés de râles bestiaux.

— Au risque d'avoir l'air de ne penser qu'à mon propre confort, réitère mon mec en luttant pour maîtriser Job, le troisième membre de notre équipe de choc risque de s'ennuyer ferme et de nous bouffer le cul pendant qu'on joue aux *Chevaliers du Ciel* !

Il n'a pas tort. Voir le marin plein de bonhomie réduit à l'état de légume bavant est un crève-cœur et je ne peux m'empêcher d'éprouver de la pitié pour lui. Mais risquer que Job nous confonde avec des snacks pendant que nous tentons de faire voler un hydravion *et* d'abattre un autre appareil n'est tout simplement pas envisageable.

— On se sépare de lui, je décide.

— Comment ?

Je réfléchis rapidement. *Le compartiment torpille.* Job a parlé d'un compartiment torpille... Dénichant le bouton idoine sur le tableau de bord, j'actionne l'ouverture de la trappe permettant d'y accéder. Au pied de l'unique rangée de sièges située à l'arrière de l'appareil, de longs panneaux rectangulaires s'écartent sur le sol.

Prenant appui de part et d'autre de la trappe, Florent force le skipper à entrer dans la déclivité du volume d'un congélateur domestique, brisant quelques os au passage. Job se retrouve recroquevillé dans l'espace étroit.

— Désolé, capitaine, s'excuse mon mec. Il va falloir quitter le navire.

Il nous considère obstinément de ses yeux cataractés, ses mâchoires happant frénétiquement le vide.

— Bon vol, l'ami, je le salue. On s'est bien amusés…

Florent trouve sans mal le poussoir de largage près de la trappe. Le plancher s'ouvre sous Job qui disparaît dans le vide, non sans pousser un long mugissement qui s'éteint dans le hurlement du vent. Au moment où je me harnache, une volée de balles fait exploser les vitres de tribord.

Ma première priorité est de redresser l'appareil.

Je contrôle ensuite nos paramètres de vol, puis notre position par rapport à notre poursuivant.

— Stéphane.

Je me retourne. Mon mec me fixe d'un air désespéré.

— Stéphane, sors-moi de là.

Inexplicablement, je suis touché par cette supplique. Sans réfléchir, je réponds :

— Ne t'en fais pas, mon amour. On va s'en tirer.

Est-ce que je viens vraiment de dire *mon amour* ? Est-ce que ça m'est seulement déjà arrivé ? Il faudra que j'y réfléchisse plus tard.

Je rassemble mes idées et ajoute avec fermeté :

— Fais-moi une fleur : descends-moi ce fils de pute.

Il arme la mitrailleuse dans un claquement sec.

— Avec plaisir, s'en réjouit-il.

Je lance un rapide regard sur le côté. L'hélicoptère vole en retrait, à nos cinq heures. *À nous deux, fumier.*

— Feu ! je rugis.

Flo presse la gâchette, un sourire sardonique étirant ses lèvres, mais en lieu et place d'une rafale tonitruante, je ne perçois qu'un petit cliquètement métallique.

— Flo ?

— Bordel de… Elle s'est enrayée !

Clic. Clic, clic… Rien à faire. La mitrailleuse ne veut semble-t-il rien savoir.

— Je vais essayer de… commence Florent.

Il est interrompu au milieu de sa phrase par des balles claquant dans le cockpit. Dans le même réflexe, nous nous couchons. Je lance le Laté dans un lacet évasif. Quand le feu cesse, je secoue la tête pour en faire tomber les éclats de verre qui ont volé dans tous les sens. La carlingue est tellement criblée d'impacts que je me demande comment nous avons réussi à nous en sortir sans d'autres dégâts que quelques coupures aux bras et au visage.

Sans me retourner, je dis à mon petit ami :

— La culasse doit être bloquée, fais jouer la bande de cartouches pour réaligner le percuteur.

— Stéph… articule-t-il d'une voix étrange.

Cette fois, je tourne la tête. Florent pose sur moi un regard vague. Ses lèvres sont teintées de rouge…

— Merde, je siffle entre mes dents.

— Ce fils de pute m'a pas loupé…

— Flo, où est-ce que tu as été touché ?

Il ne répond pas. Du sang coule de sa bouche le long de son menton, goutte sur son tee-shirt. *Non, non, non…*

— Flo ! je hurle, désespéré. Reste avec moi...
— Ne... gueule pas... mme ça.
— Où est-ce que tu as été touché ?
— Je... presse... plaie.

Florent fait un signe de tête vers le bas. Je suis son regard pour découvrir qu'il exerce une pression efficace sur le point d'entrée de la balle, entre ses côtes, un peu en dessous du cœur. La plaie ne saigne pas abondamment ; le projectile n'a donc atteint aucun organe vital. Mais je ne peux plus compter sur lui.

— Accroche-toi, mon chéri, dis-je en reportant mon attention sur l'hélicoptère.

Cette ordure va le payer très cher...

Le premier plan insensé qui me vient à l'esprit est de carrément précipiter le Laté sur l'Eurocopter, dans une offensive qui n'aurait rien à envier à une joute médiévale. Exceptée que celle-ci est perdue d'avance : l'hydravion a beau être plus massif, ses flotteurs le rendent à peu près aussi facile à manœuvrer (comment avait dit Job ?) qu'un piano à queue sur une patinoire...

Les flotteurs.

Une idée me submerge tout à coup.

Par le pare-brise éclaté du cockpit, je jette un œil au paysage qui défile sous l'appareil. Si seulement je pouvais trouver des rochers, un à-pic... *Un pont ?*

La course poursuite nous a poussés en aval : le pont de Lézardrieux et la carcasse carbonisée du *Batillya* se découpent sur le bleu-gris de l'estuaire, au loin. À tribord, le pont de Frynaudour, avec ses solides poutres peintes en turquoise, enjambe le Leff.

Ni une ni deux, je pousse la manette des gaz et incline le nez de l'hydravion. Que le Viking ait soudain arrêté de nous canarder doit signifier qu'il s'attend à nous voir nous écraser. De fait, le Latécoère est sacrément mal en point... Un plumet de fumée grise s'échappe des cylindres du moteur et la toile lacérée des ailes claque au vent comme une guenille pitoyable. *Mais il vole encore.*

Et si mon plan réussit, il volera bien mieux encore dans les minutes à venir...

L'air marin arrive en force sur mon visage et, avec lui, l'odeur tenace d'hydrocarbure. Dans le cadre qui tenait autrefois le pare-brise, les piles en béton et la structure en acier grandissent à vue d'œil. Le pont de Frynaudour se précipite à la rencontre de notre pathétique coucou à une vitesse stupéfiante...

— Qu'est-ce que... fais... se lamente Flo dans mon dos, sa respiration s'accélérant.

Je ne prends pas la peine de répondre, trop concentré sur ma manœuvre. Piloter le Latécoère n'a *effectivement* rien à voir avec un jeu de simulation, mais absolument *tous* les avions, qu'ils soient réels ou virtuels, obéissent aux mêmes lois physiques. L'hydravion gagne toujours de la vitesse. Une nouvelle volée de balles percute le flotteur bâbord. Contrairement à mon mec, Lenhardt a compris que mes intentions sont loin d'être suicidaires. Mais il est trop tard pour m'arrêter, désormais...

Florent est blessé. Je suis fatigué, meurtri, et j'ai vu mes amis mourir. Je n'ai plus rien à perdre et tout à gagner à livrer un ultime baroud d'honneur. Pas pour une cause : pour moi et Flo. Pour la vie.

À moins de quinze mètres du faîte turquoise, je tire légèrement sur le manche, juste assez pour relever le nez du Latécoère et empêcher un écrasement total. Juste assez pour sauver l'hélice et le fuselage... et pour que les gros flotteurs en aluminium déjà bien amochés se fracassent contre les solides poutres en acier.

Le bruit est épouvantable, mais toujours moins que la réaction de l'hydravion : le zinc se cabre comme un cheval fou et bondit en avant. Je stabilise l'appareil brinquebalant de mon mieux. Soulagé du poids des flotteurs, l'antique Latécoère gagne instantanément en maniabilité.

Ainsi qu'en vitesse – le compteur affichant à présent un fier cent quatre-vingt-dix nœuds...

C'est toujours nettement inférieur au Caracal, mais ces tout petits nœuds supplémentaires me suffisent. Un rapide coup d'œil en arrière m'apprend que l'hélicoptère s'est de nouveau déporté sur tribord. Ça n'a aucune sorte d'importance. En revanche, je réalise avec satisfaction que nous nous trouve à moins de quarante mètres de la surface de l'eau. Si je peux amener Lenhardt à descendre encore un peu, un tout petit peu...

D'un mouvement sec, j'engage l'avion dans un virage serré. L'Eurocopter se lance à mes trousses. Je grimace un sourire machiavélique. Lenhardt est aveuglé par sa soif de vengeance. *Dommage, fumier : on est deux...* Quand notre altitude tombe à un minuscule soixante pieds, soit tout juste vingt mètres, je précipite l'hydravion dans une demi-boucle, avant d'amorcer un demi-tonneau.

Le point final de mon plan. Un Immelmann *parfait...*

... qui dirige le Latécoère droit sur l'hélicoptère.

Je déchire plus que je ne détache les lanières de mon harnais, saute à l'arrière et prends Florent à bras le corps, lui arrachant un gémissement de douleur. Mon mec me dévisage comme si j'étais un fou dément.

D'un ton faussement enjoué, je lui demande :

— Tu t'es déjà baigné, dans le coin ?

— Qu'est-ce que... on ne... quand même pas...

— Oh que si, dis-je en souriant.

J'actionne alors le mécanisme de la trappe d'accès au compartiment torpille, aide Florent à se faufiler dedans, et prends ses bras pour les entourer autour de ma taille. Bien qu'il ne soit pas sûr de mes intentions, il accepte l'étreinte et m'enlace de toutes les forces qui lui restent.

— Prêt ?

— Tu... complètement cingl...

— *C'est parti !*

J'étends le bras vers le bouton poussoir commandant le largage avant de jeter un dernier regard par le pare-brise qui n'est plus.

L'hélicoptère est à présent si proche que je peux voir à travers la bulle de son cockpit...

Dans ma mémoire, je grave à tout jamais l'expression d'horreur mâtinée de rage absolue qui déforme le visage de Léonard Lenhardt. Le Viking tente d'éviter la collision, mais il n'y a que deux options possibles pour décrocher : par bâbord et par tribord. Il fait le mauvais choix. Privé de pilote, l'hydravion s'incline lui aussi, décrochant par l'aile opposée – et continuant sa course droit sur le Caracal.

— Va te faire mettre au Walhalla, je brocarde le nazi au rabais en guise d'adieu.

Et j'abats ma paume sur le bouton de largage.

La trappe par laquelle on a largué Job un peu plus tôt se dérobe sous nos pieds et nous sommes précipités dans une chute qui semble durer une éternité.

Au-dessus de nous, le ciel s'embrase, la déflagration compressant toutes les molécules alentour dans une onde de choc qui nous percute avant même que nous heurtions l'eau glacée du Trieux.

L'impact avec la surface, plus violent que je ne m'y attendais, me coupe le souffle.

Nous nous enfonçons de trois mètres dans le fleuve, mes pieds touchant même le fond vaseux. D'une poussée énergique, je nous propulse vers le miroir rougeoyant au-dessus de nos têtes. Lorsque nous traversons la pellicule liquide, une masse de flammes vermillon dévore l'air. Des pièces d'aluminium et de toile calcinée pleuvent toujours, portées par un souffle brûlant. Ce qui subsiste de l'appareil qui nous a donné la chasse, un amas de métal fumant et déchiqueté, sombre en sifflant dans le fleuve.

Puisant dans mes dernières réserves d'énergie, je hale Florent jusqu'à la berge. Je m'effondre de tout mon long, lessivé, sur le banc rivulaire sablonneux qui accueille nos corps meurtris, noirs de suie et maculés de sang.

Je sens la main de Flo exercer une pression sur mon épaule et tourne la tête sur le côté. Ses yeux grands ouverts me fixent et, quoiqu'il ait toujours l'air mal en point, un mince sourire retrousse ses lèvres.

— Bravo…

— Est-ce que ton mec a eu assez de couilles, sur ce coup-là ? j'ironise dans un rire entrecoupé d'une quinte de toux, de la fumée dans les poumons.

— Ouais…

Il lève les yeux vers le pont de Frynaudour, qui nous domine de toute sa hauteur.

— …ez… eau…

— Qu'est-ce que tu dis ?

— Nez… dans… l'eau, répète-t-il en faisant un effort pour articuler. Nous… porter bonheur…

J'enlace Florent en riant et nous échangeons un baiser passionné – lequel se prolongera à n'en pas douter de la plus agréable des façons lorsque nous aurons trouvé un abri pour nous entre-prodiguer quelques soins et refaire le plein d'endorphines à notre manière…

RESTE VIVANT

Deux jours plus tard

Nous avons élu domicile dans l'entrepôt sur le quai à sable de Pontrieux le temps de remettre Florent d'aplomb.

Loin de moi l'envie de retourner sur ce quai et revivre les souvenirs que l'endroit m'avait laissés, mais le butin abandonné par Lenhardt et sa bande ne se refusait pas.

De l'essence à profusion, que nous avons siphonnée des réservoirs des véhicules ; des armes et des munitions, qu'on pouvait cueillir à même le sol comme on récolte des champignons ; mais surtout, des vivres et des fournitures médicales, amassées dans l'entrepôt en vue du projet de pont aérien du Viking.

Les rares zombies qui traînaient encore dans le coin nous ont donné du fil à retordre, en particulier les colleurs quand il s'est agi de quitter notre refuge temporaire.

Faute de pouvoir approcher le Berliet sans risque, le quai s'étant peuplé en un rien de temps depuis notre retour dans l'entrepôt, la *Catin Mariée* a été notre échappatoire.

Nous avons redescendu le Trieux, dont le cours s'était élargi et le débit grandement ralenti, tandis que son niveau était déjà monté d'un bon mètre. Au détour d'un méandre, nous avons eu le cœur serré d'apercevoir, nous guettant depuis la berge, un vieil ami…

Job était venu s'échouer non loin de l'endroit où nous avions préparé notre embuscade. Après avoir mis fin à sa mort-vie, nous avons embarqué son corps sur la *Catin Mariée*. Une fois de retour à Lézardrieux, nous avons fait de la barge son bûcher funéraire et des eaux sa dernière demeure. La *Catin* s'est consumée un moment au milieu du Trieux, puis enfoncée sous les flots, exauçant le vœu de Job le Guen. Le destin veut que le marin repose non loin de l'endroit où nous avions incinéré le corps de Gisèle. Je crois qu'ils auraient voulu ça – et que le dernier hommage qui leur soit rendu le fût par moi et Florent, ensemble.

Job et Gisèle avaient aimé la vie parce qu'ils aimaient l'amour. Plus que leurs combines d'agents secrets ou leurs caractères biens trempés, c'est l'amour qui les avait gardés en vie. Même loin l'un de l'autre, ils n'ont jamais cessé de croire en leurs sentiments, ni d'espérer qu'un jour peut-être, dans ce monde dévasté, ils se retrouveraient.

Ils savaient qu'ensemble contre le reste du monde, ils étaient invincibles. Parce que leur amour était immortel.

Et parce que c'est *ça*, être vivant.

Après la cérémonie, nous avons transbordé les vivres et l'essence dans la Volvo, fait le plein, et repris la route.

En quittant Paimpol, Florent m'a laissé le choix de la destination : j'ai jeté mon dévolu sur le Dernier Bastion à la Fin du Monde. Flo doute encore de son existence. Pour ma part, je doute fort qu'un type comme Léonard Lenhardt ait parié sur une chimère. Toujours est-il que nous serons rapidement fixés sur ce point : Brest est à moins de deux heures de route, sauf contretemps.

La Volvo avale les kilomètres en ronronnant comme un chat placide. Au devant, l'horizon s'est paré d'un liseré d'or. Quant à moi, j'essaie de composer avec l'humour on ne peut plus discutable de mon mec.

— Okay, je suis un peu perdu, dis-je en soupirant.

— C'est *toi* qui m'as lancé sur *Star Trek*...

— Je sais. Désolé, mon chéri, je te jure que j'essaie de comprendre...

— Je te réexplique ?

— S'il te plaît.

Dans le siège passager, Florent change de position pour soulager la pression sur son flanc encore douloureux et gobe un comprimé de tramadol avant de reprendre :

— Bon. La directive première est une sorte de loi qui impose à la Fédération des Planètes de ne pas interférer dans le développement des races extraterrestres qui n'ont pas encore inventé le voyage plus rapide que la lumière. Jusque là, ça va ?

— Ça va.

Ses yeux bleus me couvent d'un regard sceptique.

— Tu es sûr que tu as compris ?

— Oui, oui. Une sorte de loi de non-ingérence. Je vois le topo. Je ne suis pas idiot.

— Donc, le capitaine Picard...
— Picard ? Comme les surgelés ?
— Stéph.
— Pardon, mon chéri.
— Picard va voir Riker, le prend à part et lui demande s'il connaît la différence entre la directive première et sa mère. Riker répond que non. Et Picard dit...
— *Je n'ai jamais violé la directive première*, conclus-je d'un ton qui en dit long.

On ne pourra pas me reprocher de ne pas faire d'efforts dans mon nouveau rôle de petit ami modèle, même si je vois mal en quoi se coltiner la moindre blague geek qui existe sur *Star Trek : La Nouvelle Génération* peut bien contribuer à une relation de couple « normale ».

À mes côtés, Florent part d'un rire aigu.
— Elle est drôle, non ?
— Elle est sexiste.
— Mais drôle, insiste-t-il.
— Mais culture-du-viol.
— Mon chéri, il n'y a plus de culture de quoi que ce soit. Alors, ton numéro de *social justice warrior*...
— Tu te souviens qu'il n'y a pas deux jours de ça, on affrontait des nazis ? Cette culture-là n'est pas morte. Elle ne meurt jamais vraiment, si tu veux mon...

Soudain, Florent s'écrie :
— Arrête-toi, *arrête-toi !*

J'écrase la pédale de frein et la Volvo s'immobilise dans un crissement de pneus. Dans un réflexe, ma main se pose sur la crosse du Manufrance coincé dans mon jean.
— Qu'est-ce qu'il y a ?

Mon petit ami ne répond pas. Ouvrant la portière à la volée, il bondit hors de la voiture et rebrousse chemin sur quelques mètres. L'épave dévalisée d'une Twingo dépasse du caniveau. Les pillards ont abandonné tout ce qui n'avait pas de valeur sur le bord de la route. Dans le rétroviseur, je vois Florent se baisser pour ramasser quelque chose, une sorte de livre ou plutôt d'album écorné.

Il revient au trot et, en s'engouffrant dans l'habitacle, son visage rayonne comme celui d'un gamin qui vient de déballer ses cadeaux de Noël.

— Dieu bénisse Panini, dit-il en souriant.

Mes yeux se posent sur l'album, que Florent ouvre avec une délicatesse quasi religieuse. Bien rangés dans leurs pochettes plastiques, des pogs ternis par l'œuvre du temps s'alignent dans un patchwork de couleurs et d'effets. J'en reconnais un certain nombre, tout en avisant des séries aussi prisées que rares, parmi lesquelles *Dragon Ball Z* et *Le Roi Lion*...

— On dirait que tu viens de ressusciter *Zombie Hunt*, fais-je remarquer.

Avant de me souvenir de son accès de colère dans le radeau de survie.

— *Si* tu veux encore y jouer, j'ajoute.

Florent pose sur moi ses yeux magnifiques, une lueur malicieuse dans les pupilles.

— Tu te souviens de ce que tu m'as dit sur la berge ?
— Oui.
— Qu'est-ce que tu m'as dit ? minaude-t-il.
— Je t'ai dit... à quel point je tenais à toi et...
— Stéph, qu'est-ce que tu m'as dit ?

Je pousse un soupir.

— Je t'ai dit que je t'aimais.

— Tu m'as dit : *je t'aime.*

— Parce que c'est vrai. Je t'aime.

Il fait mine de réfléchir avant de lâcher :

— Tu auras un pog à chaque fois que tu...

Je le coupe illico :

— Non.

— Pourquoi ? s'offusque-t-il d'une voix aiguë.

— Parce qu'on n'échange pas des pogs contre... *ça.* Je ne suis pas un chien de Pavlov...

— Tu manques d'entraînement, c'est tout.

— Entraîne-toi à la fermer, je le rembarre.

Florent se renfrogne en faisant la moue. Je démarre le moteur et reprends la route. Nous nous murons dans un silence qui dure plusieurs minutes, meublé seulement par le crachotement d'une chanson de Procol Harum dans les haut-parleurs. Lorsque le piano de Gary Brooker s'éteint et que j'estime l'avoir laissé mariner assez longtemps, je coule un regard vers mon petit ami en murmurant :

— Flo ?

— Quoi ? grogne-t-il, boudeur.

— Je t'aime, mon chéri.

Son sourire réapparaît, étirant ses lèvres fines.

— Je t'aime aussi, piaille-t-il.

Il marque une pause avant d'ajouter :

— Tu préfères quoi, *Dragon Ball Z* ou...

— Va te faire foutre.

Mon petit ami ricane.

— Tu jures beaucoup trop, mon cœur...

Je vais pour répliquer *« que Dieu casse sa bite en toi »* avant de me souvenir que le contexte risque de lui échapper complètement, et me contente donc de monter le volume de l'autoradio. Immortalisé sur la minicassette, Freddie Mercury entame *Keep Yourself Alive* – « reste vivant ». En mon for intérieur, je me promets d'honorer l'injonction.

À cent à l'heure, nous dépassons un panneau piqué de rouille indiquant que nous sommes sur le point de nous engager sur la RN 12.

La nuit va bientôt tomber.

Remerciements

Un grand merci à tous les cinglés qui ont inspiré ce roman : l'immense et inavouable Yann Le Cornec, qui m'a refilé le virus des zombies et va bien entendu se hâter de produire une adaptation cinématographique à plusieurs millions d'euros de ce roman ; Florent Lenhardt, qui lui a donné son titre ; Romain Billot, adorateur de Lemmy devant l'Éternel, qui a largement contribué à ma playlist d'écriture, sans oublier tous mes innombrables complices d'atrocités. Merci à Éric Marcelin ainsi qu'à toute l'équipe des éditions Critic, et particulièrement à Mathilde Montier qui a versé son sang, perdu dix années de vie et neuf dixièmes à chaque œil – bref, dirigé la première édition de cet ouvrage. Merci, enfin, à Natalia Arribas, première lectrice de *Breizh of the Dead*.

Les aspects techniques de ce roman m'ont été soufflés par des membres d'associations spécialisées et des experts. À toutes fins utiles, la véracité de certaines techniques et descriptions a été altérée pour les besoins de l'histoire. Je ne conseille bien évidemment pas aux enfants de reproduire les expériences présentées au long de ce récit sans la supervision d'un adulte responsable. (D'ailleurs, je ne recommande pas non plus aux adultes responsables de s'y prêter.) Merci, bien sûr, à Julien, ma famille et mes amis pour leur soutien et leur patience.

Ce roman est dédié à la mémoire de Thibault Colin.

MINICASSETTE - FACE A

Roxy Music – *Editions of You*
Mink DeVille – *Bad Boy*
The Outlaws – *Ghost Riders in the Sky*
Manowar – *Kings of Metal*
The Cramps – *Zombie Dance*
Deep Purple – *Maybe I'm A Leo*
Motörhead – *Shoot You in the Back*
Ry Cooder – *Jesus on the Mainline*
Tennessee Ernie Ford – *Shot-Gun Boogie*
Elvis Costello – *Waiting For the End of the World*
Creedence Clearwater Revival – *Night Time Is the Right Time*

MINICASSETTE - FACE B

The Rolling Stones – *You Can't Always Get What You Want*
The Platters – *Twilight Time*
Nina Simone – *Since I Fell For You*
Romina Puceanu – *Cântec de Dragoste*
Dick Dale & His Del-Tones – *Let's Go Trippin'*
The Animals – *Bury My Body*
The Beach Boys – *Sloop John B*
Pearl Jam – *Blood*
ZZ Top – *Sharp-Dressed Man*
The Ramones – *Let's Dance*
Procol Harum – *Something Following Me*
Queen – *Keep Yourself Alive*

À propos de l'auteur

Julien est né en 1986 et a vécu en France et aux États-Unis. Après avoir travaillé un temps dans le cinéma, il s'est rendu compte qu'enseigner l'anglais était la couverture idéale pour ses méfaits d'auteur en série et sa vie secrète de dandy.

Quand il n'est pas en train d'ourdir un roman, Julien sévit derrière un clavier d'un genre différent, à touches blanches et noires, ou bien une batterie. Il avoue sans complexe sa passion pour les licornes, le sexe et le rock'n'roll.

Si ses exactions littéraires ont attisé votre curiosité, vous pouvez le débusquer dans tout un tas d'endroits bien plus fréquentables que lui :

– son site : **julienmorgan.site**

– Facebook : **fb.com/julienmorganSF**

– Twitter : **twitter.com/julienmorgan**

– **La Part des Anges**, 2 rue Saint-Melaine à Rennes.